CAMA

DAVID WHITEHOUSE

CAMA

Tradução de Ryta Vinagre

Rocco

Título original
BED

Copyright © David Whitehouse, 2011

O direito moral do autor foi assegurado.

Primeira publicação na Grã-Bretanha pela Canongate Books Ltd.

Edição brasileira publicada mediante acordo com a
Canongate Books Ltd, 14 High Street, Edimburgo EH1 1TE

Todos os direitos reservados. Nenhuma parte desta obra pode ser reproduzida ou transmitida por qualquer forma ou meio eletrônico ou mecânico, inclusive fotocópia, gravação ou sistema de armazenagem e recuperação de informação, sem a permissão escrita do editor.

Direitos para a língua portuguesa reservados
com exclusividade para o Brasil à
EDITORA ROCCO LTDA.
Av. Presidente Wilson, 231 – 8º andar
20030-021 – Rio de Janeiro – RJ
Tel.: (21) 3525-2000 – Fax: (21) 3525-2001
rocco@rocco.com.br
www.rocco.com.br

Printed in Brazil/Impresso no Brasil

preparação de originais
SONIA PEÇANHA

CIP-Brasil. Catalogação na fonte.
Sindicato Nacional dos Editores de Livros, RJ.

W587c Whitehouse, David, 1981-
          Cama/David Whitehouse; tradução de Ryta Vinagre. – Rio de Janeiro: Rocco, 2012.

          Tradução de: Bed
          ISBN 978-85-325-2780-6
          1. Ficção inglesa. I. Vinagre, Ryta. II. Título.

12-3551   CDD – 823
                            CDU – 821.111-3

Para minha mãe e meu pai.
E para Rebecca.

1

Dormindo, ele parece um porco caçando trufas na fuligem. Não é um ronco, é mais um estertor da morte. Mas, tirando isso, é uma manhã sossegada, a manhã do Dia Sete Mil Quatrocentos e Oitenta e Três, segundo o display na parede.

A paz é pontuada apenas pelo estrondo de um corvo na porta do quintal. O barulho alto não acorda Mal, que continua a produzir grandes rosnados do fundo do peito. Ecoam em meus ouvidos como as conversas pelo sonar entre golfinhos e submarinos.

Mal pesa seiscentos quilos, pelo que previram. É grande. Mais de meia tonelada. Aquelas fotos que se veem, de baleias que encalharam na praia e explodiram, divididas pelos gases acumulados em suas entranhas, a cobertura grossa de gordura que se estende na areia como um manto, é assim que Mal parece. Ele cresceu e inchou na cama, duas king-sizes unidas a uma de solteiro. Ele se esparramou tão para fora do núcleo de seu esqueleto que é um enorme cobertor de carne.

Levou vinte anos para ficar desse tamanho. Nem tem mais cor de pele. Salpicado de capilares rompidos, um bloco do tamanho de um vagão de salsichas espremidas em calças de malha baratas. A gordura se apoderou das unhas das mãos e dos pés, os mamilos se esticaram à dimensão da mão de uma mulher, e só algo com a tenacidade de um farelo de biscoito pode se enredar pelas dobras de sua barriga. Agora deve haver o bastante para um pacote inteiro de biscoitos ali. Em vinte anos, Mal se tornou um planeta com seus próprios territórios inexplorados. Nós somos as luas, apanhadas em sua órbita, Lou e mamãe, papai e eu.

Estou deitado na cama ao lado dele, ouvindo as buzinas que seus pulmões produzem quando trabalham ao máximo para peidar um pouco mais de ar pela boca. Só o zumbido moroso e constante de Mal, como ter os ouvidos cheios de pão molhado.

Cada subida de seu peito incita um tremor sísmico pelo quarto. A agitação da flacidez provoca ondas pela poça de seu corpo. Sou levado por elas, sem nada a fazer senão olhar por sobre a vastidão carnuda de Mal, o enorme caixão empolado que prende meu irmão, para o jardim, onde vejo o passarinho pintar a grama. Talvez tenha visto Mal ao voar por ali e o tenha confundido com uma torta enorme.

Vinte anos na cama. Só a morte de Mal pode salvar esta família, porque a vida dele a destruiu. E aqui estou eu, no fim, dividindo o quarto com ele. O quarto em que começamos. Ou pelo menos numa fração dele.

Uma vez meu pai me disse: "Amar alguém é vê-lo morrer."

2

Na salinha de uma pousada à beira-mar, estávamos fazendo uma cena. A senhorinha que trouxe nossas tigelas de cereais matinais da cozinha tinha a pele amarela e fina. Parecia tecida de fumaça de cigarro. Em vez de olhar nos olhos de minha mãe, ela remexia almofadas que já tinha remexido e fingia ter derramado uma gota fantasmagórica de chá fraco no descanso estendido sobre a cômoda.

Naquela manhã, Mal havia me acordado enquanto discutia com mamãe na porta do quarto que dividíamos. Ele estava nu, mas não se constrangia com isso como os outros meninos de sua idade. Às vezes, ficava sem roupa nenhuma por dias. Papai dizia: "Meu Deus, Malcolm, pode vestir uma merda de roupa?" Mal não respondia, mas mamãe dizia que isso não tinha importância. Mamãe. Matando-nos com sua bondade. Certa vez meu pai pegou Mal sob as axilas e o arrastou para o quarto dele, o nosso quarto. Ele o segurou na cama com uma das mãos no peito e dobrou as perninhas relutantes de Mal em calças de macacão. Mal resistiu e meu pai praguejou, ordenando que ele ficasse ali até que parasse de agir como "um bebê de merda". Mal se sacudiu de novo minutos depois, atirando as roupas pelo chão. Parecia um pintinho careca com aqueles braços e ângulos esqueléticos.

– Você está virando uma porra de cabide para chapéu – resmungava meu pai.

– Por favor, querido, deixe-o assim – sussurrava mamãe. Mal não fazia nada que minha mãe não perdoasse. Ela ficava entre suas excentricidades e o mundo, embora seu rosto ruborizasse.

– É por isso que não saímos de férias, Malcolm! – gritava ela.
– Por isso é melhor ficarmos em casa. Tudo é muito, mas muito mais fácil em casa. Agora vista uma roupa e vamos à praia.
– Não quero ir à praia – era a esse ponto que chegava.
– Então vai tomar o café da manhã pelado, vai? – disse mamãe.

E tomamos o café da manhã. Não papai, que disse ter ido "fazer uma aposta", mas devia ser mentira. E Mal estava nu. E dava piparotes nos cereais pela mesa. E mamãe olhava a senhorinha fingindo endireitar as cortinas. E a família à mesa ao lado da nossa não dizia nada com seus bolinhos e suco de laranja. Curvei-me para Mal e cochichei:

– Por quê?

Ele colocou uma das caixinhas de leite na boca e a explodiu com os dentes para que pingasse pelo peito, depois tremeu, porque estava gelado como os dedos de quem faz um boneco de neve.

Quando papai voltou, ainda estava de um roxo furioso, o tom de um chute na canela. Deu uma olhada em Mal, ocupado com o chá, mexendo-o com uma flor do vaso no centro da mesa, pegou-o pelo cotovelo e carregou seu corpo despido e flácido para o carro.

Mal dormiu quase de imediato. Ele dormia mais do que qualquer um que eu tenha conhecido, mas eu não conhecia muita gente. Eu nem conhecia Mal muito bem. Ouvi minha mãe e meu pai discutirem, os dois brigando pela mesma coisa, mas nenhum dos dois percebeu. Ao que parecia, tínhamos de pagar pela semana toda na pousada, embora só tivéssemos ficado ali dois dias.

Mal não vestiu roupa nenhuma por duas semanas. Nunca fomos à praia. Eu não me importei, era novembro.

3

Papai não trabalhava, ele labutava. Era o que dizia. Labutar era meio parecido com trabalhar, só que era mais pesado, e muito menos agradável. Até o som era desagradável. Labuta.
    Ele era grande, como um robô, como um monstro, mas era calado como nenhum dos dois. Suas mãos eram brancas, de pele endurecida que tinha enodoado e rachado, umas luvas de estanho usado, e assim, quando nos levava para pescar, eu não segurava sua mão, só quando atravessávamos a rua. Quando as segurava, elas tinham o poder de esmagar as minhas como quem esmaga o botão de uma rosa congelada.
    Mal, por outro lado, engastava sua mão na palma rude de meu pai e era guiado pelo caminho, trinando e inquieto, um feijão saltador mexicano.
    Papai gritava "rápido", e eu seguia suas sombras mescladas até o canal. Ele colocava uma larva na boca, estendia sob a língua e sorria, o truque de um cachorro velho, e maravilhava Mal sem parar. Eu já havia visto uma vez, era o bastante. Depois eles conversavam, papai enchendo a cabeça de Mal de possibilidades infinitas. Sugestões, coisas a fazer. Contava-nos sobre o mundo, promovia-o e nos intrigava. O controlador e o fantasista, o fato harmonioso e a ficção na margem escorregadia. Eu odiava pescar, não passava de esperar na lama. Ficava louco para voltar para casa e para mamãe. Todos nós ficávamos, na verdade.

4

Mal gostava de ser o primeiro a fazer as coisas. Não só o primeiro da casa, ou o primeiro da turma da escola, mas o primeiro no mundo todo. Quando se é criança, há um limite para as coisas em que se pode ser o primeiro. Ele costumava perguntar: "Mais alguém já...?" Mamãe dizia que sim, para evitar que ele tentasse atravessar o fundo do mar. Ela aprendeu essa lição numa rara ocasião, quando preferiu não dar ouvidos a ele. Cinco horas depois de ludibriá-lo com um "não" distraído, o policial que veio aplacar seus piores temores viu Mal pelado no telhado, escalando a antena de TV. Era o auge do verão. Os bombeiros vieram e o desceram, contra a vontade dele. Tive esperanças de que o acertassem com um dardo tranquilizador, como um urso que precisava de cuidados médicos urgentes, e que ele rolasse pelo telhado e caísse numa lixeira.

Assim, para limitar as possibilidades de Mal se colocar em perigo, mamãe teve a ideia da fala. Disse a Mal que havia combinações quase infinitas de palavras que, se unidas, quase certamente fariam de você a primeira pessoa a pronunciá-las naquela ordem. Por seis meses, Mal gritou interminavelmente uma série ininteligível de palavras só para ser o primeiro a ter falado. A maioria vinha do dicionário, ele não precisava saber o que significava.

"Descrença diagnóstico ferocidade atroz hegemonia telefonia gripe, nunca nunca nunca, comer fruta até que mature."

"Cone levante no trono fone retorno gemido zunido bafo boné horário calcário território, ah Deus você cresceu."

Isso a satisfazia. Mal sempre a agradava, mas à sua maneira.

A devoção de minha mãe era uma manta sufocante, mas, apesar de tudo, era quente. Sua vida era sacrificada pelo aperfeiçoamento dos que a cercavam. Em outra época, com uma vela, um vestido azul esvoaçante e uma guerra feroz travada em um campo enfumaçado, ela teria sido a enfermeira mais popular de cada soldado condenado que passasse por seus cuidados. Mas, em vez disso, nasceu para nós: para a mãe dela, de quem mal consigo me lembrar; papai; Mal. Ela se balançava entre eles em trepadeiras, cuidando deles, amando-os, sem deixar nada para si mesma. E agora que a mãe dela havia morrido e papai se retraía, era a Mal que ela se dedicava inteiramente. Minha mãe não sabia fazer outra coisa.

5

Estávamos na escola quando Lou entrou em nossas vidas. Naquele tempo, quando chovia tanto que os bueiros desapareciam sob as poças, os professores levavam as crianças para dentro. Era com certa relutância que elas abandonavam as valiosas encrencas que as aliviavam da matemática avançada. Mas era este o protocolo quando estava úmido: passar um intervalo vendo as crianças mais ruidosas gravarem insultos sobre as mais quietas na condensação do vapor nas janelas.

Geralmente era sobre Mal. Graças a sua recusa em se envolver nos sistemas sociais transitórios da escola, muitos dias chuvosos podiam ser passados vendo escorrerem pelo vidro as palavras "Mal Ede é esquisito".

Ele nunca percebeu. Não se importava com o que pensavam, e eles o invejavam por isso. Mas, apesar de haver quem não conseguisse compreendê-lo, Lou o compreendia inteiramente. Vi isso no rosto dela naquele dia, um olhar de quem tem o coração flutuando pela garganta, descendo pela boca, batendo nos dentes ao sair e vagando para o céu. Não era amor, nem desejo, ela era nova demais. Mas era alguma coisa, a semente da semente do que se tornaria.

Nesse dia ela estava sentada na sala de aula, e a mão guinchava pela janela para limpar um vidro espelhado. A chuva martelava com tanta ferocidade que o asfalto do pátio parecia ferver com as gotas que caíam no chão. Ela colocou as mãos em concha formando um binóculo e o pressionou no vidro. Pelo escuro e pela chuva, viu a sombra de uma figura solitária.

Mal. De cabeça jogada para trás, a boca escancarada, enchendo-se da chuva que caía em cascata por sua face, entrava pelo nariz e tomava seus olhos. Saturado, o cabelo formava mechas de lesmas que pingavam grosso, a camisa branca e limpa da escola ficava transparente. Como Mal sempre se recusava a responder quando faziam a chamada, nem uma só figura de autoridade percebera sua ausência. De fato, a única pessoa no mundo que pensava em Mal naquele momento era Lou.

Ela olhava o vento impelir a chuva contra suas costas. Bateu as mãozinhas de porcelana no vidro, mas ele não a ouviu. Corria à sua carteira sempre que um professor ou um dos meninos mais barulhentos se aproximava para que Mal não fosse notado por mais ninguém. E por fim, depois de mais de meia hora, esgueirou-se para fora da sala, chegando ao corredor. Abaixando-se atrás de um muro de cadeiras de plástico, ela serpeou por sua teia de pernas pretas até chegar à extremidade. Ali se agachou até que o último dos professores entrasse rapidamente na sala dos funcionários e foi na ponta dos pés e em silêncio pelo piso de ladrilho escorregadio, entrando no banheiro das meninas. Lou se escondeu atrás da porta do armário de achados e perdidos até que fosse seguro sair, abriu a única janela que levava ao pátio e passou delicadamente as pernas por ali. Sem ser vista, pendurou-se, com metade do corpo na chuva, a blusa puxada até os ombros e o traseiro raspando nas bordas ásperas da parede de tijolos, antes de se soltar e cair numa poça.

Esfregou os olhos e lambeu os lábios. Tinha gosto de lama.

Levantando-se com um tremor enquanto aquelas primeiras gotas de chuva gelada se perseguiam por sua coluna, Lou andou lentamente até Mal. Passou os dedos nele e ficaram ali os dois, lado a lado, enquanto a torrente de chuva ameaçava dissolvê-los inteiramente. Mal continuou de cara para o céu, segurando a mão de Lou por 15 minutos, até que, com a rapidez com que começou, o aguaceiro cessou. Ele a soltou e sem dizer nada voltou rapidamente ao prédio, onde marchou diretamente para a sala do diretor e exigiu ter uma aula sobre a chuva, antes de desmaiar no carpete.

– Com licença, você é irmão de Malcolm Ede? – perguntou-me Lou naquele dia, quando eu ia para casa. Sua voz e suas palavras penetraram no ar como a música de um sino de vento recém-tangido.

– Sim, sou – eu disse. Ela parecia mansa.

– Meu nome é Lou – disse.

Ela pegou meu braço e me deu uma carta para entregar a Mal, em um envelope amarelo lacrado, pegajosamente provido de uma única marca de batom vermelho. E não era dos lábios dela, que não eram tão bonitos, eu tinha quase certeza disso. Uma amiga fez para ela. Lou segurou meu braço.

Coloquei a carta nas profundezas de minha mochila escolar surrada e corri a toda para casa; a breve experiência de algo novo, algo bom lambia amorosa, mas brevemente, minha alma.

6

A pneumonia resultante lançou Mal no purgatório colorido da enfermaria pediátrica. Antibióticos e desenhos animados. As gotas que o alimentavam com fluido pela veia que unia as duas tiras finas de braço de cada lado de um cotovelo nodoso viram a doença passar logo. A pneumonia o havia dilacerado e partido, um trem de carga viral. Minha mãe ficou furiosa.

O horário de visita era de seis às oito da noite, mas certa ocasião, em que tive permissão para ir, chegamos meia hora mais cedo. Segui minha mãe e meu pai lentamente pelos corredores bege de piso reluzente. Serventes empurravam para os elevadores as pessoas mais velhas que eu já vira em cadeiras de rodas, da mesma maneira que carregavam refeições em caixas prateadas, em carrinhos até os fornos imensos nas cozinhas do primeiro andar.

Logo chegamos à enfermaria, as portas abertas. Velhos de pijamas, quatro por quarto, doentes demais para a camaradagem, arruinados. Uma senhora chorando, um pote imenso de doces intocado, exceto pelas sobrinhas em visita. Cheiro de mãos limpas.

Eu me perguntava que gosto teria usar uma máscara de oxigênio quando esbarrei atrás da perna de meu pai, sua coxa um cavalo de tração me jogando no chão. Ele me levantou pelo pescoço, a cadela com um filhote. Tinha os olhos sérios e um dedo em riste porque aqui o prédio tinha autoridade. Não fale, ele me alertou, não olhe, eu sabia. Como as regras da biblioteca. Como as regras da piscina. Nunca aprendi a nadar.

Encontramos Mal recostado na cama, lendo um gibi de cores vivas, casando o riso com uma tosse de cachorro. Primeiro as

amabilidades. Como passou hoje? O que te deram de jantar? Fez amizade com um dos outros meninos?
– O que você estava fazendo na chuva? – cochichei.
– Vendo como eu podia ficar molhado – disse ele.

Minha mãe esvaziou uma bolsa pequena cheia de brinquedos na mesa de cabeceira e em volta dos pés dele, e falamos de melhoras e de coragem, enquanto ele lutava para libertá-los de suas embalagens de plástico. Ele gemeu quando toquei neles. Peguei o braço de um soldado de plástico, com delicadeza, entre dois dedos e um polegar, só para segurar, e ele o arrancou de mim, batendo o cotovelo na mesa e espalhando uma parede precária de Legos pelos ladrilhos reluzentes.

Uma mulher que tinha batido a porta da cozinha na mão do filho pela manhã e o viu ter dois dedos removidos na mesma tarde puxou o ar pelos dentes, revoltada. Vi papai se levantar, entrar e sair. Ele me pegou pelo braço e me arrastou para a porta. Meu blusão grudou em mim. Minha febre repentina deixou molhada minha gola de lã, e se misturou às lágrimas mais frias de meu rosto. Papai bateu na parte de trás de minhas pernas, xingou e cuspiu:
– Vá esperar no carro.

Fui. Eu era uma bola de arame dobrada.

Quando fomos para casa, era tarde demais para preparar alguma coisa para comer. De refeição do meu aniversário, comemos peixe com fritas em silêncio.

A carta de amor de Lou, ou a primeira carta de fã de Malcolm Ede, estava no fundo da lixeira quando entrei. Estava intencionalmente espremida na carne e nos ossos podres do fundo, ensopando-se dos sucos desprezados da refeição daquela tarde. Mas não antes de eu apertá-la em meus próprios lábios cor de bacalhau, por via das dúvidas.

7

Com Mal ainda hospitalizado, a casa estagnou. As cores ficaram mais opacas, o tempo se arrastou e na quarta-feira eu já sonhava com as tardes de domingo. Os domingos eram impiedosos. O sofá me sujeitava e deixava a escuridão entrar, e nos sentávamos na sala juntos. Aos domingos, parecia que toda a família respirava em uníssono, lentamente, cada vez mais devagar, até a noite, quando apodrecíamos em volta da televisão e lutávamos com o sono até sua vitória. No minuto em que acordava de manhã, eu rezava para o dia acabar com o dobro da velocidade.

Pela parede vinham o cheiro do café da manhã e uma discussão abafada. Mamãe e papai, outra perda de tempo. O reboco por onde passavam aparava as arestas dos sons, até que eles exprimiam murmúrios subaquáticos. À medida que meus pais elevavam a voz, mais claras ainda elas ficavam e menos eu queria ouvir, tentando impedir meu cérebro de traduzir os sons que me chegavam, cimentando os ouvidos no pacote macio de meu travesseiro.

– Leviocooce – disse minha mãe.
– Elnagosdis – disse meu pai.

E o dia, o contexto e o pior resultado possível encheram minha cabeça, até que ela se transformou num rádio, e eu podia ouvir os dois com perfeição.

– Leve-o com você – disse minha mãe.
– Ele não gosta disso – disse meu pai.

Pescar. Nós íamos pescar. Eu ia segurar a mão dele só para atravessar a rua. Minha mãe me preparou um lanche. Havia sanduíches de queijo e uma barra de chocolate, uma caixa de suco de laranja que precisava ser furada com o canudinho e um pedaço de bolo de aniversário, nada especial, só pão de ló. Comi no carro pelo caminho, e ele absorveu o tédio temporariamente.

Depois que chegamos, meu pai abriu a mala em silêncio, enquanto eu segurava as varas. Homens que podiam ser amigos dele passaram e grunhiram. Fiquei preocupado que eu não tivesse do que falar com ele.

Lançamos o anzol da margem. As poças grossas de lama espumavam pelos buracos nas solas de minhas botas Wellington. Com nossas linhas perturbando a superfície parda e plana do canal, tiramos mosquitos de nossa boca e os estapeamos nos nossos olhos. A necessidade dele de falar encheu o silêncio. Provocou-me dor. O lixo passava flutuando.

Então ele me contou uma história. Era a maior que o ouvi contar e era porque Mal não estava ali. Só eu e meu pai, e o abismo entre nós onde deveria haver uma ponte. Ele não sabia como construí-la, mas queria tentar, e a dor parou por um tempo. A história falava de trabalho. De labuta. Crescia tanto dentro dele que fiquei surpreso que não tivesse dilacerado sua pele e suas roupas.

8

Papai disse:
— Imagine se você tivesse uma foto de cada coisa importante que aconteceu em sua vida. Seu primeiro filho. Seu casamento. Uma morte na família. Seu primeiro emprego. Uma batida de carro. O dia em que adoeceu. A noite em que venceu uma competição. A hora em que perdeu uma corrida. Tudo.

"Imagine que você as carrega no bolso. Imagine que, dependendo da importância do acontecimento na foto, mais leve ou mais pesada a foto fica. Quanto mais pesada a fotografia, maior o acontecimento. Por fim, algumas fotos ficam tão leves que você nem percebe e nunca mais as olha, elas só caem de seu bolso e desaparecem para sempre. Mas uma foto, uma delas, vai ficar cada vez mais pesada, e você nunca vai perdê-la, nunca. Uma delas você sempre vai guardar, e ela vai pesar tanto em você que, quando pensar nela, vai parecer que seu coração é arrastado para o chão, e você nunca mais será capaz de pegá-lo. É o que acontece quando se fica mais velho. Você perde todas as fotos, elas ficam leves, viram ar, tornam-se indistinguíveis dos sonhos que você teve e dos lugares que imaginou. Mas você não pode se livrar das mais pesadas. Minha fotografia é de TauTona."

A linha se mexe na água, mas papai não percebe.
— Antes de você nascer, eu trabalhava na TauTona. Significa "Grande Leão", pelo que me disseram. É uma mina na África do Sul, a oeste de Johanesburgo. Na parte mais funda, tem três quilômetros e meio de profundidade. Sabe o quanto isso é fundo? É muito fundo. É uma das minas mais profundas do mundo. Pouca gente na história entrou tão fundo na terra como os homens que

desceram em TauTona. E eles iam lá para pegar ouro. Cavavam, traziam para cima e vendiam para que as pessoas pudessem usar joias e ficar ricas. E era meu trabalho levá-los para baixo em segurança. Era meu trabalho supervisionar a construção de cabines e elevadores que baixavam aqueles mineiros no fundo da terra, mais fundo do que o peso do mundo e tudo que tem nele.

"Levava uma hora para chegar lá naquele elevador, aonde você iria se fosse minerador. Isso era a descida, depois vinha a longa caminhada para a face da mina que, se você estivesse com um bom grupo de mineradores, avançava mais a cada dia. Quanto mais avançava, mais fundo e escuro ficava, o ouro não brilhava embaixo da terra.

"Aquele elevador descia 16 metros por segundo. Um ônibus de dois andares num piscar de olhos. Dá para imaginar isso? Tão rápido assim. É mesmo muito rápido. E eu ajudava a construir os elevadores. Eu estava lá quando eles foram instalados. Fiquei seis meses lá. Ensinando os mineradores a usar e a fazer a manutenção, para terem certeza de que não haveria problema nenhum.

"Era o que eu fazia. Eu fazia elevadores. Roldanas, correntes e engrenagens, poços e motores. A perícia e a engenharia que compõem o transporte vertical de pessoas. A física e a matemática de deduzir que força é necessária para erguer que peso a que distância. Trabalhar no espaço limitado para construir uma máquina que mudaria vidas. Era o que eu fazia."

Nunca lhe perguntei o que ele fazia.

– E um dia tivemos problemas em TauTona – disse ele. – Um dia, tudo deu errado.

"Eu tinha terminado o trabalho. Era minha última semana na África do Sul. Estava louco para ver sua mãe, na época éramos muito chegados. Antes de Malcolm. Talvez eu estivesse a dois quilômetros e meio do alto da coluna, mas ouvi que ela cedia. Toda a estrutura que criamos, uma força inalterável, curvou-se e se torceu. Parecia dois caminhões batendo de frente, um estrondo de metal. Uma ocorrência anormal, foi isso.

"Eram 16 homens naquele elevador que mergulhava para o centro da terra. Os médicos me disseram que, graças à força da queda, eles estavam inconscientes quando bateram no fundo. Passaram a ter cinco, talvez seis vezes seu próprio peso. Nunca tiveram chance nenhuma.

"Levamos 10 dias para chegar a eles usando uma coluna paralela de emergência que construímos ao lado. Dez dias. É claro que sabíamos que eles estariam mortos. Quando chegamos lá, aqueles 16 homens cabiam no espaço de vinte centímetros entre o chão e o teto daquele elevador. Eles foram espremidos nos capacetes. Completamente esmagados na queda. Não havia o que resgatar, ninguém para salvar. Nem mesmo podíamos levar lembranças para suas mulheres, que faziam vigília na superfície desde que se espalhou a notícia do acidente. É claro que todas queriam respostas, qualquer coisa, uma palavra ou frase para sua tristeza. Mas eu não tinha nada. Veja só, não sabíamos por que isso aconteceu. Não tínhamos ideia de por que o elevador caiu com aqueles homens, simplesmente caiu. Nós nos culpávamos, todos se culpavam. Mas a verdade é que não sei. Não sei se a culpa foi minha. Nunca vou saber.

"Veja só, a fotografia que for a mais pesada no fim será o seu legado. É o que você vai deixar. A questão é: você tem tempo para mudar isso? Ou para evitar ter uma delas?"

Não pescamos nada naquele dia. No caminho para casa, pegamos a mamãe para ir ao supermercado, onde compramos comida pesada em comemoração à volta de Mal – ela adorava nos dar comida – e onde minha mãe deixou que eu pensasse estar no controle do carrinho, embora eu não estivesse, porque ela sabia que isso me deixava feliz. Ela entrou no carro e deu um beijo no rosto de papai. Ele a beijou também e sorriu. Vi então que não éramos três pessoas que não se conheciam, só agíamos como se fosse assim.

9

Quando Mal saiu do hospital, a dinâmica voltou para onde sempre esteve, tendo a ele como ponto focal. Sua ausência tinha arrancado uma roda do carro, e todos fomos empurrar. Com ele de volta, pudemos todos nos encaixar bem em nossos lugares. Pelo menos por um tempo, as coisas foram normais. Papai ficou calado de novo.

No oitavo andar da maior loja de departamentos da cidade, nós causávamos reboliço. Clientes mais velhos com a necessidade de se preocupar com questões que não eram da conta deles emanavam seu desdém do outro lado de corredores de objetos de decoração. Vendedores atrapalhavam-se com as pilhas nas prateleiras e pensavam em intervir, mas nenhum deles fez isso. Olhavam Mal e eu quicando em camas novas em folha, ainda com sua proteção plástica. Nós nos revezamos para nos esconder no fundo de pilhas de pufes e almofadas, ou para atirar lençóis brancos e novos na cabeça um do outro, uma nevasca em tocaias de inverno improvisadas. As manhãs de sábado sempre são assim quando somos jovens e unidos.

Papai nos levava de carro para a cidade bem cedo, antes da chegada das multidões. Eu sabia que era uma ocasião especial, apesar de sua regularidade, porque Mal sempre se vestia quando chegava a hora de sair. Subíamos no banco traseiro e acenávamos pelo vidro de trás para mamãe, de pé na cozinha. Ela só veio conosco uma vez, e terminou numa briga sobre a cor do linóleo. Depois disso, não parecia valer a pena. Sua presença foi substituída pela introdução da lista de compras que ela preparava na noite anterior. Papai tratava a lista com uma precisão militar para reduzir o tempo gasto andando de loja em loja atrás de cada objetivo. Depois de se sentir bem treinado nesta área, ele entregava a lista a Mal, que tinha muito orgulho de pensar no caminho mais curto possível pela cidade, dependendo de precisarmos de maçãs, lâmpadas, farinha de trigo ou do capricho qualquer que constituísse uma pechincha. No caminho de casa, ele tentava deduzir também a rota mais longa possível.

Esta rotina nos dava mais tempo para papai se entregar à única coisa de que parecia verdadeiramente gostar. Bom, havia a pescaria, mas ninguém gostava realmente de pescar.

A Ellis parecia maior do que a vida real. Só não vendia o que você não precisava. Tinha homens parados nas portas giratórias, resplandecentes com seus sobretudos vermelhos e quepes pretos. Eles pareciam soldados que guardavam a entrada de um relógio de cuco. Dentro da loja, cada um dos oito enormes andares era um tesouro de produtos tão iluminados que era impossível lançar uma sombra em qualquer lado. Cordas de veludo roxo entremeadas de fios prateados e brilhantes formavam isolamento em volta de tudo o que não sobreviveria a um cotovelo errante. Eu costumava pensar que eram instaladas só por causa de Mal, que em geral destruía coisas de valor.

Depois de passar pelas seções de eletrodomésticos e de comida, andávamos em fila atrás de papai, até chegarmos a nosso destino, onde um raro sorriso puxava seu rosto tenso. Metido no canto mais distante da loja, entre os jogos para churrasco e as ferramentas pesadas de jardim, que fingíamos ser armas espaciais do futuro, havia duas pequenas portas revestidas de bronze e tão polidas e brilhantes que capturavam tudo o que as olhava em uma foto em sépia dourada. Atrás delas, havia um dos mais antigos elevadores do país.

Entrávamos gentilmente depois de ele ter obedecido a nosso chamado, o que sempre acontecia de pronto, porque, como papai sugeria, éramos os únicos que sabiam dele. Sempre estava ali para nos receber. Dentro dele, havia espaço suficiente para dois adultos, ou um adulto e duas crianças, uma fórmula que ainda resultava em Mal ou a mim sendo espremido entre as pernas de papai. Depois que as portas se fechavam atrás de nós, a luz era do amanhecer. Saltava das paredes prateadas e reflexivas e dos aros de bronze que escoravam os botões pretos, pregando peças em nossos olhos, fazendo-os voltar no tempo, deixando-nos sonolentos e aquecidos.

— Uma proeza, meninos, da engenharia moderna – sussurrava papai antes de levantar um de nós do chão, o que tivesse essa sorte, à altura do maior botão de todos, de número oito. Com um tinido e um zumbido, as alavancas e cabos aos poucos se encaixavam, e nossa subida começava. Era rápido o bastante para sentir que estávamos nos movendo, mas lento o suficiente para que não se soubesse o quanto faltava percorrer. O mais leve movimento o balançava lateralmente e mudávamos nosso peso por ele para testar a paciência da máquina. Eu receava que os cabos se rompessem. Imaginava a caixa pesada que eles carregavam escorregando de seu gancho com a facilidade com que se pode pegar um faisão morto pelo pé e puxar a cartilagem da pele que envolve sua perna. Eu me agarrava ao joelho de papai, até que o medo passava e ele colocava uma de suas mãos grandes e rudes em minha cabeça. Eu o ouvia dizer: "A máquina mais segura do mundo, esta aqui", embora nem mesmo tivesse mexido a boca.

No topo, as portas se abriam lentamente e saíamos de nossa cápsula secreta para a loja, sabujos farejando um coelho, e papai nos repreendia de novo.

10

Era pegajosa, de meio de verão, a noite antes de sairmos de férias, e nós dois fomos mandados à rua para minha mãe poder fazer as malas. Não por mamãe. Ela preferia que ficássemos dentro de casa. Mosquinhas aleijadas de uma asa só andavam em círculos por toda minha camiseta branca, e vespas mendigavam a borda de minha bebida. Andamos por muito tempo de um lado a outro e paramos em um murinho na ponta da rua, com a energia esgotada pelo calor. Mal se sentou ali em plena explosão do sol. Fiquei atrás dele, contorcendo-me para caber na sombra.

Um clarão, depois some. Depois vejo um rosto, depois some de novo. Vejo Lou, espiando-nos, olhando Mal, de trás do muro da loja da esquina. Sua cabeça sobe e desce em rompantes, seguidos rapidamente pela cabeça de uma amiga, e atrás daquele abrigo eu as imaginei rindo.

Fingi não ter percebido por medo de que ela viesse falar conosco e Mal não dissesse nada, deixando a conversa para mim, e eu ficasse empacado, sem palavras, derretendo no calor, e ela ficasse de mãos nos quadris olhando de cima a mancha de grude onde eu estava.

Embora não fosse popular entre os meninos, Mal o era com as meninas, popular como pode ser um menino de 13 anos. O resto de nós era magrela, só costelas envolvendo uma vareta, mas seu corpo era constituído de músculos, cada centímetro dele era sólido. Ele se portava com uma pose que eu jamais conseguiria ter.

Ele também era bonito, de um jeito pouco convencional, o melhor tipo de beleza. As meninas gostavam de seu queixo, e seu cabelo, preto e encaracolado, caía com perfeição. Pelo mesmo motivo, os meninos odiavam seu queixo. E seu cabelo e o modo como caía com perfeição. Ele era enigmático. Não para mim, para os outros. Tinha a postura certa, um andar, um jeito. Ele simplesmente causava. Ao lado dele, eu parecia ter sido montado no escuro com peças sobressalentes. A maioria das pessoas me conhecia como o irmão de Malcolm Ede. Elas chamavam, eu acenava e lhes dizia onde ele estava, se soubesse.

Suas idiossincrasias aumentavam suas realizações. Quando ele nadava, parecia que nadava uma distância maior do que qualquer outro. Um *outsider* por si mesmo, ele era livre para criar suas próprias regras em torno dele, regras que ninguém, além dele, podia esperar compreender. Nem mesmo eu. Eu era carregado nesse vácuo, a felpa soprada pela menor fresta na porta, se você fechasse com rapidez suficiente.

Parecia que este era o dia de Mal e que ele não queria que terminasse. Como se ele soubesse que crescer é que era morrer, e não a morte em si.

11

Na área de check-in do aeroporto de Heathrow, os funcionários da companhia aérea cochichavam instruções deturpadas pelo pânico nos rádios antiquados. Que fila? Quanto tempo? Acalme-se, senhor, vai pegar seu avião.

Só papai tinha viajado de avião antes, só à inimaginável África do Sul e só para voltar um homem diferente. A rotina da viagem aérea, a banalidade apressada dela, era tão estranha para nós como subir uma escada na preparação para dormir. Para Mal, de quatro, as filas sinuosas eram um labirinto de árvores com troncos de pernas a atravessar. Fiquei sentado em nossa mala ouvindo papai enaltecer os benefícios de um verão no Sul da Espanha. Mamãe estava vidrada, extasiada demais com a ideia de sair de um avião em solo estrangeiro. Em sua cabeça, pisava com tornozelos delicados, a câmera se abrindo lentamente e revelando um maravilhoso vestido Christian Dior verde-esmeralda e meio milhão de libras em diamantes pendurados de uma corrente de prata no pescoço elegante, como uma starlet no tapete vermelho de uma estreia de cinema. Ela estava tão absorta que não percebeu os muxoxos de reprovação de duas senhoras atrás de nós na fila, zumbidos de insetos nos juncos. Aos poucos, a inquietude se espalhou fila abaixo, até que se aproximou um homem atarracado com rodelas de umidade do tamanho de pratos de torta nas axilas. Colocou a mão firme no ombro de mamãe, como alguém que segura o acelerador de uma moto, e registrou a infelicidade unânime da assembleia inexpressiva.

– Se não puder controlar seu filho – disse ele, de uma forma que o medo ditava que não se podia falar a um homem cujo pescoço era tão grosso nos ombros como o de papai –, talvez alguém deva fazer isso. – Em sua mão estava pendurada uma das meias de Mal.

Nossos olhos seguiram a trilha de roupas de Mal pelo piso de mármore frio do terminal. Uma meia, calças que sem dúvida logo seriam minhas, dois sapatos e uma camiseta formavam uma trilha irregular conduzindo à esteira que levava a bagagem ao avião. Nossos olhos chegaram às grossas abas de vinil preto que formavam a porta quando Mal desaparecia por ali, jogando a cueca na cabeça do único segurança que conseguira chegar a três metros dele, com a bravata estudada de James Bond atirando o chapéu no cabide da sala da Srta. Moneypenny.

Se Mal queria ser a primeira pessoa a entrar num avião como bagagem, não seria hoje.

Perdemos nosso avião. Eu estava ansioso para saber o quanto era grande.

12

Cantamos pneus ao frear na entrada, onde papai saiu do carro e bateu a porta com força. Isto acordou Mal a meu lado no banco traseiro, uma *tortilla* enrolada num cobertor vermelho com imagens de ovelhas mal bordadas. Suas roupas estavam aninhadas no piso.

Mamãe girou no banco do carona. Ele rangeu e ela corou.

– Malcolm, acho que deve entrar e conversar com seu pai.

Mal saiu lentamente do carro, deixando o cobertor no banco, e andou nu até a porta da frente, à plena vista dos vizinhos.

Minha mãe ficou sentada em silêncio por um momento. Vi o reflexo de seu rosto no retrovisor. Os cantos dos lábios tremiam. Faziam um esforço muito grande para saltar à base do queixo. A testa era uma sanfona, os olhos e nariz reluziam. Delicadamente, coloquei os dedos em seu ombro. Vê-la aborrecida fazia meus pulmões encolherem ao tamanho de punhos. Eu respirava rápida e superficialmente para não chorar. Não queria chorar na frente dela. E, quando eu sentia isso, odiava Mal. Havia tal alegria em sua entrega que era uma agonia quando ele ia embora.

– Ele é muito parecido com seu pai, sabia?

Ela falava uma semioitava alto demais. As lágrimas caíam de seus olhos nos cantos da boca. Seu rosto usava colchetes aquosos.

– Nem sempre ele pode ter o que sua imaginação quer. A vida é assim. A vida é assim.

– Quer que eu te ajude a arrumar a casa, mamãe? – perguntei.

Se Mal era parecido com papai, eu era como minha mãe. Gostava de agradar. Era aí que me encaixava.

– Sim – disse ela –, isso seria ótimo.

Dentro da casa, peguei o spray debaixo da pia da cozinha, bem abastecida de produtos em néon com nomes espalhafatosos, a Las Vegas proibida dos armários. Retirei uma flanela da gaveta e comecei a limpar as superfícies dos móveis da sala. O objeto preferido de minha mãe era uma escrivaninha dobrável. Foi feita durante a guerra, quando todo o material bom foi utilizado no esforço de guerra, e como tal era puramente funcional. Ele me fazia lembrar dela.

De quatro, tirei o pó dos rodapés, espalhando-o pelo chão. Eu não estava fazendo o trabalho direito, mas era visto fazendo o trabalho. No fogão, mexi a mistura e partilhei da intensa euforia de açúcar ao lamber a tigela de massa de bolo de chocolate. Ajudei a desfazer as malas, pendurei os casacos e arrumei os sapatos. E Mal ficou sentado no quarto com papai, a conversa inaudível até para meu ouvido xereta na porta, embora eles sem dúvida estivessem falando porque o ar tinha aquele assovio e crepitação quando há algo mais que silêncio.

Eram as minhas férias também, arruinadas. Quando o cansaço me tomou, fiquei agitado e chorei, gritei, esperneei, e mamãe manteve minha cabeça no prato quente de seu colo até eu dormir. Minha raiva, porém, era de tudo. Esquentava meus olhos mesmo quando estavam fechados. Não era com frequência que mamãe e eu ficávamos a sós. Seu olhar era bom. Olhar para nós a fazia feliz, ser nossa, nossa mulher. Ela teria se desesperado se soubesse o pouco tempo que restava às coisas como estavam.

13

Aquela mesma noite foi quente e espinhosa, então Mal e eu montamos uma barraca verde e pequena no jardim. Era velha, papai tinha usado na África do Sul, e quando afrouxamos os cordões do saco, expeliu um fedor de coisa roída por traças que tinha gosto de poeira velha e deixava a cara toda contraída. O piso há muito fora roído, então pegamos uma manta de algodão para piquenique no cesto elegante que mamãe ganhou numa rifa e nunca usou. Batemos no vento antes de abri-la convidativa na grama.

Como a casa, o jardim era pequeno e cercado de outros pequenos jardins anexos a pequenas casas. Tínhamos de cochichar, porque o mais leve aumento no volume garantiria as queixas da Sra. Gee.

A Sra. Gee morava num bangalô ao lado. Se fosse raspada, sua cabeça seria perfeitamente esférica. Com ela assentada no alto de seu diafragma rotundo, assumia a silhueta de uma boneca de neve de desenho animado. Nem sequer chegando a metro e meio de altura, era vista no verão se arrastando pelo jardim, sem jamais tirar os pés do chão. O *tch tch tch* constante dos chinelos raspando a calçada serviam como aviso de que ela estava vindo e significava que era hora de disparar para dentro. Ela usava vestidos elásticos que abraçavam sua massa, as únicas coisas que a continham.

Agora com seus setenta anos, ela já morava sozinha há quase meio século, polindo as torneiras, alimentando os gatos. Papai me disse que ao completar 17 anos ela se casou com um carteiro, mas ele a deixou na mesma noite, quando ela se recusou a consumar a relação.

– Ela voltou a ficar fechada.

Naquela noite, Mal e eu nos escondemos atrás da relativa santidade da lona úmida da barraca e espiamos sua sombra no jardim. *Tch tch tch*. Ela parou, imóvel, olhando as nuvens que cortavam o céu com uma amargura borrada na cara, chupando um cardo banhado a xixi. Parecia que estava com raiva das nuvens por seu atraso, ou do céu por ser tão alto. Ossos curvos arqueavam para cima seus ombros, que amorteciam o pescoço. As mãos ficavam permanentemente cerradas em punhos. O mundo a ignorava, até que ela desaparecia. Ela era uma daquelas pessoas. Então nós a ignoramos até que ela desaparecesse. *Tch tch tch. Tch tch tch.* Foi-se.

Acendemos as lanternas e as penduramos na barra de metal amassada que formava a espinha da barraca. Nenhum de nós estava com frio ou cansado para entrar nos sacos de dormir, então ficamos deitados por cima deles, e o poliéster barato e pegajoso agarrava em nossa pele. Brincamos com versões para viagem de jogos populares. Não tínhamos as versões completas. Nunca viajamos realmente.

– Ah. – Encolhi-me.

Estávamos brincando com o jogo há mais de uma hora. Eu tinha agulhas e alfinetes invadindo minha perna esquerda através do dedão e babava no braço direito, onde apoiava a cabeça sonolenta.

– Esqueci de contar à mamãe, vão me dar aulas de trompete na escola.

– Conte a ela amanhã.

– Vou contar agora – insisti.

Levantei-me devagar e abri o zíper da barraca.

– Vamos jogar mais um Lig4 – gemeu ele.

– Não vou demorar. E vou trazer alguma coisa pra gente comer, fritas ou biscoitos.

Abri delicadamente a porta dos fundos e fui para a cozinha, que brilhava da espuma de sabão pós-jantar em trilhas de caracol pelas panelas lavadas. Na sala as cortinas, pesadas e velhas de um feltro roxo e grosso, estavam abertas, e assim podiam nos ver com o mantra entoado pelo *quiz-show* na TV. O apresentador faz a pergunta, a plateia responde. Mamãe e papai adoravam, mas não eram unidos por ele, cada um dos dois sentado de lados opostos da sala, comunicando-se por sinais ao acaso, mas perfeitamente compreendidos.

Aumente um pouco.
Abaixe um pouco.
Coise aí do outro lado.
O que é isso?
Ela não é aquela?
É aquele do...?
Depois eles ficaram vendo Ray Darling. O locutor Ray Darling falava dos assuntos do dia, seu encanto com traços de desconforto, o cabelo surreal e espesso no alto do crescente de sua cara empoada. Papai soltava muxoxos de frustração ao ver. Jamais gostou de Ray Darling e, por associação, eu também não gostava. A autoridade roteirizada, sua técnica de entrevistas vacilantes, seus flertes com a coitada da garota do tempo. Fedia a um homem petrificado por ser desmascarado.

Às vezes, eu desconfiava de que mamãe e papai só se amavam durante os intervalos comerciais. Esperei 15 minutos por um. Nenhum dos dois deu por minha presença, mas ambos sabiam que eu estava ali. Era como estar em suspenso.

Voltei para a barraca. Malcolm dormia.

14

— Temos de visitar umas pessoas, então levante-se, por favor.

Eu estava na cama com uma lembrança sonolenta de meu pai nos tirando do jardim. Não tinha certeza ainda se isso contava como acampar.

Minha mãe chamava de visitar uma pessoa quando levava Mal a especialistas. Especialistas em comportamento, como eles se denominavam. Pegamos o ônibus na cidade, como nas manhãs de sábado, quando o mercado enchia a rua estreita com o cheiro de queijos pungentes e homens gritando os nomes e preços das frutas. Noites de banho no domingo. Comer peixe na sexta. Ônibus para a cidade no sábado de manhã e em casa de novo, as bolsas até a borda, tão pesadas de mantimentos que as alças se esticavam, transformadas em fios de plástico, estrangulando as palmas das mãos das crianças. Estes eram nossos rituais, os aros por que pulávamos.

Era o primeiro dia das férias de meio de ano letivo, e a ideia de mais uma semana sem voltar à escola fazia-me renascer numa explosão. Desliozei as duas pernas pelo lado da cama, usei os dedos dos pés para detectar o que tinha descartado na noite anterior e vesti com muito boa vontade as roupas da véspera. Só então me virei para Mal.

Dividir uma cama com ele me dividia. Às vezes, eu me deitava ali, no fim de um dia normal e feliz, e pensava que todo mundo ia gostar de dividir um quarto com alguém como Mal. Era a época em que eu gostava dele, o amava. Era a maioria dos dias. Os dias normais, cheios de nada incomum. E às vezes

eu o odiava. Imaginava bater nele enquanto ele dormia e ficava acordado, olhando-o, ouvindo-o, os dias em que ele estragava tudo. Ficava louco para escapar dali.
– Você precisa se levantar – eu disse.
Ele me ignorou e virou a cara para a janela. Apoiado num cotovelo, afofou rudemente o travesseiro e o colocou por cima da cabeça. Qualquer relutância em fazer alguma coisa significava que Mal simplesmente não se vestiria. Sua nudez, a essa altura, era um constrangimento para todos, menos para ele. O pouco encanto que havia em sua tendência a se despir estava na escolha da ocasião, mas, agora que ele era peludo e real, não havia encanto nenhum. Se você fica nu e é adulto, não precisa sair de casa.
Olhei para ele. Sua pele tinha um brilho de pinho saudável. Pensei na época em que ele tinha nove anos e eu sete, e, como era tradição no Natal até essa altura e nunca mais, mamãe nos levou para ver uma pantomima. Estar no teatro era como estar em uma caixa de chocolate muito cara da Bélgica, com vermelhos, dourados e camadas de gente ladeando as paredes, dando a impressão de que podiam desabar em uma só dentada. Olhei para Mal através do colo de mamãe enquanto as luzes eram reduzidas e fomos saudados no palco pelos rostos esquecíveis de atores sinistros demais para se vestirem de mulher. Cantei, bati palmas e gritei quando devia, mas Mal ficou sentado em silêncio no escuro. Ninguém o olhava, só eu. Eu o observei enquanto ele lentamente moveu a mão para o tornozelo, enganchou um polegar por dentro da meia e a tirou num só movimento. Depois a outra. Enquanto mamãe se perguntava onde vira a jovem robusta que fazia o menino ingênuo, Mal fez uma bola com as meias. Discretamente as largou no chão e deixou que rolassem sob o banco do velho da frente. Com cuidado, tirou os jeans e a cueca ao mesmo tempo, como uma borboleta saindo pela abertura de seu casulo. Seus melhores sapatos balançavam, virados no chão. Tirando-o pelo pescoço, ele puxou em silêncio o blusão vermelho cereja, até que, sem ser visto, nada além do tronco magro, nu e imaculado, estava de pé na cadeira.

Meu coração afundava e arranhava a base das costelas. Eu estava acorrentado.

De repente, o grande desfecho, quando a menina vestida de menino e o menino vestido de elfo se apaixonam. As luzes se acendem, a plateia é convidada a cantar. E ali estava Mal, de pé em sua cadeira, nu. Ele canta.

Minha mãe se petrificou. Eu me esgueirei para baixo da cadeira.

As pessoas em volta de nós soltaram ruídos de assombro, uma surpresa tão grande que forçou o som para fora delas. *Acabe com isso. Acabe com isso.* O velho queria pegar a perna de Mal, enojado com seu comportamento e a incapacidade de minha mãe de fazer alguma coisa, mas Mal se soltou. E ele continuou a cantar. O refrão, segundo verso. Pulou no corredor e dançou com a música. Todos os olhos estavam em Malcolm Ede, dois espetáculos na sala pelo preço de um ingresso. Mulheres da idade de minha mãe se cutucavam de lado, apontavam, escarneciam e manchavam reputações. Homens tentavam pegá-lo. Chorei, até que fomos expulsos, minha mãe espalhando "desculpe desculpe desculpe" em nossa esteira.

Quando terminei o café da manhã, apenas torrada porque não havia mais nada até o fim de semana, minha mãe finalmente conseguiu vestir Mal. Fomos para o ponto de ônibus. Não andávamos mais de mãos dadas. Só então percebi.

15

Aguardamos na sala de espera. Quando mamãe e Mal foram chamados ao consultório, dei uma espiada nele. Era marrom e coriáceo, e me lembrou Sherlock Holmes. Um clorofito de aparência miserável guardava ornamentos de latão que sussurravam o cheiro de polidor. Havia imagens anatomicamente corretas de crianças na parede e vidro fosco com escritos no alto da porta. Sacudiu-se quando o homem de jeito importante e bigode a bateu depois de passar e continuou a vibrar como se tivesse devorado mamãe e Mal e os estivesse mastigando numa massa, pronta para cuspi-los de volta a mim.

Fui para o canto da sala, onde as cadeiras que ladeavam duas das paredes mais longas se encontravam numa pilha de brinquedos arbitrariamente jogados ali para evitar ataques de birra. Vasculhei-os brevemente, lembrando-me de não mostrar entusiasmo demais por qualquer coisa descoberta que realmente fosse para crianças novas, e por fim me acomodei com um ioiô, descobrindo que não tinha cordão. E o carro de controle remoto não tinha controle remoto. E a mulher de plástico com a rachadura na perna gerou uma lasca tão afiada que se podia cortar a própria garganta com ela. Brinquedos quebrados para crianças quebradas. Peguei uma revista que tinha três anos, rasgada e desbotada, e fingi ler, colocando-a bem na frente de meu rosto, como os espiões nos desenhos animados que usam buracos para os olhos, através dos quais examinam suas presas. Espiei pela fresta dos grampos nas páginas centrais para ver o que Mal enfrentava.

Havia outras três crianças com outras três mães, seis pares de olhos querendo ir para casa. Uma delas, uma menina nova com as pontas dos tufos de cabelo sujas de geleia, encostou a cabeça no colo da mãe e chorou o tempo todo. Um menino cujo emblema dizia "EU TENHO 8" olhava uma mancha amarelada na parede, como se pudesse ver cada átomo girando pelo ar como um saco ao vento. Ele era branco feito leite, coroado por um cabelo louro brilhante e olhos do tamanho de bolas de golfe que uma tosse podia desalojar. A mãe o ignorava. O terceiro menino se chamava Ron. Assim: "Sente-se, Ron!", "Calma, Ron!", "Seja bonzinho, Ronald, por favor, seja bonzinho!" A mãe torcia a pele das próprias mãos enquanto formigas invisíveis amontoavam-se entre seus dedos. Seu corpo era rígido, os ombros grandes nós e o cérebro um cabo de guerra.

Seja Bonzinho Ronald destruía a pilha de brinquedos. Ele os pisoteava, erguia o pé e marchava como um general vitorioso comemorando o final de uma grande batalha sangrenta, andando pelos ossos quebrados de seus inimigos. Pegou o caminhão vermelho com os pequenos bombeiros que havia muito tinham perdido as mãozinhas gorduchas, levantou-o acima da cabeça e o baixou com força no chão, onde ele se espatifou. Suas bochechas amontoavam-se de prazer. A mãe mapeava o rosto com os dedos trêmulos. E depois Ronald, o maldosinho Seja Bonzinho Ron pegou a ponta afiada de uma cerquinha amarela que um dia pertenceu a uma fazenda de plástico e a bateu na minha coxa com uma força impressionante. Ela perfurou minha calça, lacerou minha perna e tirou sangue quando ele a puxou de volta. Tentei não chorar. Segurei a revista na cara só por precaução, com a programação de TV pairando a centímetros de meu nariz. A mãe de Ronald o tirou do chão pelo braço e lhe bateu no traseiro, deixando uma impressão de suor nítida na calça brilhante e barata do filho. Ele gritou que não fez nada de errado, o pequeno mentiroso, enquanto eu passava com cuidado a mão na rosa que se espalhava por minha perna. Ela o arrastou para fora, os dois aos prantos, e eu torci para que ela o empurrasse escada abaixo.

Na sala de espera para crianças com problemas, eu sangrava na perna. Eu era a criança, este era o problema.

A porta grande se abriu e Mal saiu aos saltos, seguido por mamãe e o médico, com suas 10 canetas espiando pela beira do bolso engomado.

Quando chegamos em casa, meti a calça direto na máquina de lavar e me sentei de cueca na cama, beliscando o corte na pele da coxa por horas. Depois Mal entrou para me pegar. Olhei para baixo e tinha começado a sangrar de novo.

– Vem cá – disse ele. – Vem conhecer minha namorada.

16

Ela passava pela porta, e mamãe batia palmas de foca, com um sorriso tão grande na cara que seus dentes tentavam escapar. Papai, sem ser um homem que se deixasse trair pelas emoções, tinha se levantado em homenagem ao fato. Tão logo fechou a porta da frente, o sorriso em seu rosto ao ver a reação de mamãe circunavegou suas feições. A química de meu cérebro que causava ciúmes transbordara de seu pequeno tanque de armazenamento e inundava o espaço entre meu esqueleto e minha pele.
– Mãe, pai, essa é a Lou.
E estava erodindo meus ossos.
Na peleja das apresentações, sentei-me e observei. Não era por ela ser uma menina. Não era por ser bonita, o que sem dúvida era. Era porque ela estava com Mal. Não que a relação deles fosse do tipo pessoal e íntima, eles eram adolescentes, e o fato de que Mal e eu dividíamos um quarto arruinava quaisquer planos para um romance púbere antes mesmo que fossem formulados. Era porque ela era atraída a ele, como os outros. Era o modo como ele a desfilava para a aprovação de minha mãe, como se fosse a noite de abertura de sua própria exposição. Era a ideia disso. Eu via o que ela gostava nele. Ela não sabia o tirano que ele podia ser. Eu sabia, mas de qualquer modo ainda era bom que a luz aparecesse pelo que mais brilhava. Mas eu nunca tirei a roupa no supermercado.

Tive infinito prazer com o embaraço que se seguiu.

Minha mãe se debatia e guinchava, uma ave silvestre presa na parede de uma chaminé.
– Chá?

– Está confortável aí?

– Quente demais? Frio demais, então?

Papai pulava de um pé para outro, mascateando uma conversa fiada. Minha mãe importunava Lou com biscoitos e perguntas. Vi os dentes de Mal se cerrando, barcos e icebergs, de um lado a outro, de um lado a outro.

– Então você é da escola de Malcolm?

Eu adorava quando ela o chamava de Malcolm. Fazia seus lábios se torcerem e os olhos se estreitarem.

– Sim – disse Lou.

– Que ótimo – disse mamãe.

Lou espanou distraidamente para o chão os farelos da rede que seu vestido formou entre as coxas. Percebendo seu erro, ela levantou a cabeça e viu se o crime que cometera tivera testemunhas. Não teve, apenas eu, mas olhá-la nos olhos parecia uma pressão para a qual ainda não estava preparado. Em vez disso, rapidamente cravei os olhos no carpete, abrindo nele um buraco imaginário a laser.

– Oi – disse ela a mim.

– Oi – respondi, mas na hora em que soltei o som ele tinha se consumido. Ficou idiota. Pior ainda, eu não tinha nada para acompanhá-lo. Namorei a ideia de mencionar minhas iminentes aulas de trompete, mas pareceu estupidez.

Sorri sem mostrar os dentes, até que ficou estranho para nós dois. Fez-se silêncio por um tempo e só o que eu ouvia era minha própria respiração, então pedi licença e me escondi no banheiro até que não pudesse mais me safar. Quando voltei, eles comiam salsicha com purê, no colo, menos Lou, que tinha a mesinha de armar, uma judaica pré-guerra com as pernas grossas e sólidas de costume. Afinal, ela era a visita. Era a mesa que Mal normalmente usava.

Os hiatos silenciosos e extravagantes que perfuravam o som ocasional dos talheres baratos raspando nossos melhores pratos me deu dor de cabeça. E depois Mal foi ao banheiro.

– Então é a namorada de Malcolm? – perguntou minha mãe em voz alta.

Mais silêncio. Raspei o cérebro em busca de um torniquete coloquial, mas não havia nenhum. Estávamos sangrando até a morte. Olhei para papai, vendo seus pés desaparecerem escada acima e pelo teto, seu jantar só uma marca de nascença de molho no prato ao pé da poltrona.

– Sim. – Lou sorriu. Minha mãe não parou:

– Como Malcolm está na escola?

Desta vez doeu mais. Eu ansiava pelo barulho da caixa de descarga. Os cliqueclaques da tranca sendo puxada.

Lou não parecia nervosa. Sorriu e sacudiu uma mecha de cabelo do olho direito. E quando respondeu, parecia a letra de uma música pop aprendida nas páginas de uma revista para adolescentes.

– Ele está ótimo – disse ela. – Melhor do que os outros meninos.

Mal finalmente surgiu, ainda abotoando o fecho dos jeans que logo seriam meus, enquanto entrava na sala. Juntos olhamos a comédia de família com sua claque, e minha mãe se oferecia para fazer um bule de chá a cada 15 minutos, até que o pai de Lou veio buscá-la. Ela se ofereceu para fazer um chá para ele também, mas ele deixara o carro ligado e tinha de voltar para sua comida. Também tinha purê de batatas com salsichas, disse ele, e ele e mamãe arrulharam sobre seus planos de jantar coincidentes. Lou se levantou, e todos ficamos tristes por ela ir embora. Especialmente eu, porque sabia que a partir desse dia, agora que Lou estava em nossas vidas, sentiria o mesmo sempre que a visse ir embora.

Eu sabia que não ia dar certo.

17

Nossa escola assomava ao fundo como um presídio sobre seus encarcerados durante o intervalo de exercícios. Marchávamos para fora numa nuvem ondulante de joelhos roxos e frios e mãos azuis geladas metidas nos elásticos do cós de nossos shorts de nylon baratos e brilhantes. A brisa penetrante lambia a pequena cicatriz em minha perna, criando um monte rosado e ereto, meu corpo guardando o registro de onde estive e o que tinha feito. Aquele dia era de esportes, e eu tinha de correr, mas o vento transformava minha pele em osso.

Meus colegas de turma e eu esticamos o pescoço para a direita, avaliando a multidão reunida de mães e pais encurralados como galinhas cacarejando em flashes da câmera por resmas de bandeirinhas multicoloridas. Eu não conseguia ver os meus, mas sabia que eles estavam ali, e assim acenei, por medo de destoar.

O quadro branco tinha as listas de nomes para os diferentes eventos, cuja própria natureza corrompia a definição de esporte. Nosso ano letivo era dividido em quatro segmentos, e entre eles se promovia uma falsa rivalidade. Eu era da equipe vermelha. Meu ocasional sucesso acadêmico angariou pontos vermelhos. Em dias de reunião vermelha, eram meus colegas que se apresentavam no antigo salão. Hoje eu usava um peitilho vermelho e nos agrupamos para descobrir em que modalidade íamos competir. Aos poucos, em meio ao tumulto, à conversa e à união provocada, começava a desaparecer toda relutância em participar. Era o que todos os outros deviam sentir. Eu me perguntava se podia andar em círculos cada vez maiores.

– Aí está você – disse um garoto a meu lado, Ben, rápido, brincalhão e aparentemente sem saber da etiqueta da gentileza intersocial. Apontou o quadro branco e fiz o máximo para seguir a mira de seu dedo, mas seu braço era golpeado de um lado a outro por cabeças que subiam e desciam como uma caixa de maçãs derramada no mar. Passei os olhos por "Ovo na Colher", "Corrida de Sacos" e "Corrida de Três Pernas", mas não me encontrei. Eu não estava em "Salto em Distância", nem "Salto em Altura". Não havia meu nome em "Disco" ou "Dardos". Eu nem sabia que nossa escola tinha dardos.

– Ali! – gritou Ben de novo.

A multidão tinha emagrecido e consegui olhar onde ele apontara. Ali: "Revezamento 4×100." Três nomes e depois o meu. Os três garotos mais atléticos de toda a escola, depois eu. O pânico me atormentou, me esticou enquanto os alto-falantes gargarejavam instruções em meio à comoção. Era para ser o verão, mas minha respiração ainda se condensava no vento. Minhas pernas eram carne enlatada pontilhada de roxo, e as bolhas de ar do estômago nervoso entravam e saíam de mim, entravam e saíam. A mão que deu um tapinha no alto de minha coluna me arrancou de um coma.

– Oi – disse ele.

Não nos falamos antes, mas eu sabia quem era. Chris. Os amigos dele também. Eles eram mais altos do que eu, mais fortes. Quando estenderam a mão, apertei e sorri, fingindo comigo mesmo que eram meus seguranças.

– Sabe correr rápido, Phil? – disse ele.

Meu nome não era Phil, ele entendeu errado, e embora exigisse que eu engolisse em seco uma bola do tamanho de uma concha de sorvete, decidi numa fração de segundo que não o corrigiria. Não havia maior prova do caráter humano do que sobreviver aos segundos que vinham depois de alguém entender seu nome errado.

– Não mesmo – respondi.

– Está tudo bem. Pode ser o último.

Isso era bom, pensei.

– Tudo bem.

– Quando todos nós completarmos as voltas, estaremos na liderança. Você só precisa correr com a maior velocidade que puder e não a perder.

– Tudo bem.

– Vai ficar... – disse ele enquanto os outros se viravam e iam para a fila de cadeiras plásticas empilháveis onde íamos nos sentar e ver os outros eventos – ... tudo bem.

Ele tinha a mão em meu ombro; fui envolvido por uma camaradagem palpável. Deixou um breve calor de amizade em meu coração, e o esteio do orgulho calçou meu queixo. Um barato mental.

Nós quatro nos sentamos em uma roda desconjuntada. Eles brincavam, sorriam, davam e recebiam com um ritmo preciso. Pensei que tinham me convidado a sair com eles, talvez de bicicleta. Na verdade, tenho certeza de que convidaram. Fiquei eufórico com a novidade de tudo isso.

– Corro como um pato com chiclete nos pés – eu disse. Todos riram. Não me perguntaram de Mal. Eu não sentia mais frio.

18

— Vai ficar tudo bem.
– Não quero que percam por minha causa.
– Não vamos.
– Mas posso perder.
– Não vai.
Mas eu podia. O troféu, uma vida em que Mal tem um pequeno papel. A minha vida.
Olhei a multidão enquanto imitava os exercícios que meus novos amigos faziam. Fingi que doíam um pouco, embora não doessem, porque eu não sabia fazer direito. O mais importante era que, se alguém olhasse, eu não seria o único sobre uma perna só, a outra metida na mão que eu tinha às costas. Parecíamos o maior e mais desajeitado dos flamingos. Eu parecia o menor e mais desajeitado dos flamingos. Mas pelo menos eu era um flamingo.
Por fim, tinha a minha mãe. E papai. Ele era o único pai ali de binóculo. Devia se sentir, imaginei, como um assassino. E Mal lambia um sorvete imenso, a franja da calda de morango dividindo-o em duas facções rivais. Os exércitos pinga-pinga corriam um para o outro, desciam pelo cone quebradiço e entravam pelos espaços entre seus dedos. Mamãe parecia nervosa por mim. Ela fez o cabelo especialmente, a maquiagem também, e usava um vestido de verão encapelado e salpicado das cores dos sóis quentes e escaldantes. Parecia feita à mão, uma boneca bonita de feira de artesanato. Também sorri para tranquilizá-la, mostrar que eu estava bem, mas não estava.
Soou uma explosão de ar comprimido quando o sr. Thirkell, o professor ofegante de educação física, tocou a buzina. Ele se

exercitava por tabela, por nosso intermédio, mas não transparecia. E isso significava que era hora de começar. Saracoteamos para a largada. Eu queria e não queria isso.

– Basta não cair – cochichou Chris.

– Mas, se eu cair, não vai ser minha culpa – eu disse.

– E não será culpa de mais ninguém – disse ele.

E ele sorriu. Eu queria perguntar se ainda poderia ir àquele passeio de bicicleta se caísse, ou perdesse a corrida, ou só irrompesse em prantos ali mesmo.

E, enquanto eu pensava, a pistola disparou. As quatro cores concorrentes correram em busca de seu eco. Uma onda negra de ruído subiu da multidão, mas em minha cabeça não abafou o tump tump surdo de seus pés na grama, dignificados com tal velocidade que eu só conseguia equiparar com minha respiração acelerada.

Entrando na segunda volta, Chris disparou, catapultado. Já tínhamos a liderança, a equipe vermelha vencia, mas criei raízes fundas no chão. Talvez pudesse simplesmente não participar. Ele podia me chamar de Phil para sempre, talvez um dia eu me acostumasse com isso, como a pontada ranheta de uma costela quebrada, talvez um dia estivesse presente, mas ao mesmo tempo não estivesse ali, e isso seria perfeito.

A terceira volta. Bate bate bate. Minhas articulações travaram, um homem de lata enferrujado. Um grito mudo inflou meus pulmões ao dobro de seu tamanho. Meus ouvidos assoviaram, e o som da multidão desapareceu. Todas as cores escaparam de minha visão. Não era eu, decidi. Era outra pessoa sendo eu. Estendi a mão, e ele estava ali imediatamente com um tapa que arremeteu pelo ar feito um tiro.

E eu corria. Corria devagar, mas corria com a maior rapidez que podia. Corria de mamãe e papai e Mal atrás de mim. Arrisquei um olhar por sobre o ombro e vi blocos azuis, verdes e amarelos alcançando-me com um passo violento. Eu estava na frente, mas cada vez menos, o ritmo de minhas pernas curtas num moinho pelo ar acertando e errando a batida natural de meus jatos de respiração. Eu estava em movimento. Avançava. Conquistava novos territórios. Estava fora de mim. E eles me alcançavam, mas não havia tempo para me ultrapassar. E eles gritavam, gritavam porque eu tinha vencido.

Peitilhos vermelhos se amontoaram em cima de mim, mas minha euforia ergueu seu peso e fui imerso nessa corrente a que não pertencia e era carregado para frente. Talvez eu pudesse tomar essa estrada. Talvez fosse convidado. Talvez isso servisse para mim.

Chris torcia e gritava perto de meu ouvido; os salpicos de sua saliva esfriavam minha pele quente e faziam cócegas no meu pescoço. Não conseguia abrir as mãos, estavam cerradas como fivelas no cabelo das meninas, e me senti, por um segundo, o centro abalado de alguma coisa grande. Meus olhos choraram lágrimas quentes, mas, antes que alguém visse, enxuguei-as nas manchas de grama de meu braço, até que ele adquiriu um verde de garrafa antiga.

– Feliz?! – perguntou Chris. Parecia um *Muito bom*. Assenti. Eu estava feliz.

Na multidão, vi papai, com a mão no ar, e mamãe, aplaudindo para ser a última a aplaudir. E Lou, que mandava beijos teatrais com as duas mãos, como uma famosa cantora de ópera faria ao desembarcar de um avião e cumprimentar uma legião de fãs adoradores. Mas os beijos eram para mim.

Era a vida que eu sentia. Decidi deitar ali um pouco, desfrutando de sua mão excitante em minhas costas.

19

Dia Sete Mil Quatrocentos e Oitenta e Três, segundo o display na parede.

É cedo, uma manhã movimentada. Os médicos chegam antes do café.

Existem duas maneiras de retirar de uma casa um homem de seiscentos quilos. Para fazer isso com o homem vivo, é preciso remover a frente da construção. Literalmente arrancá-la, toda ela, os tijolos, as janelas, tudo. Depois você o enfeixa em centenas de metros de tecido de resistência industrial, desliza por baixo dele guinchos infláveis especialmente criados e o ergue suavemente, centímetro por centímetro, acima da cama e para fora dela, usando um guindaste adaptado para tal fim. Muitas emissoras de TV, investidores privados e até a celebridade ocasional já se ofereceram para pagar pelo procedimento. Era, afinal, um exercício muito caro. Além do trabalho na construção, precisávamos de especialistas em saúde e segurança, e uma equipe médica (para o caso de Mal ter um ataque cardíaco, o que é muito provável, dado que ele estará se mexendo mais do que se mexeu nos últimos vinte anos). Precisaríamos de inspetores e uma forte presença policial para organizar a inevitável multidão de espectadores. Precisaríamos alugar banheiros químicos para lidar com a demanda, cadeiras extras, iluminação para quando escurecesse e toda sorte de pessoas e coisas em que ninguém se lembraria de pensar se não se tivesse um homem do tamanho de Mal em casa.

Sabíamos disso havia pouco tempo. Em circunstância nenhuma, não. Não içaríamos Mal para fora da casa. Nem mesmo retiraríamos a frente da casa. Se Mal tivesse de sair desta casa, teria de ser "do outro jeito". Isso significava morto, quando assim o declarassem. Não só morto, mas em pequenos pedaços, em sacos grandes, eu acho. Ou grandes pedaços em sacos maiores. Os motivos eram os seguintes, segundo o relatório que chegou, uma vez que todos os consultores haviam sido consultados e todas as suas descobertas, resumidas:

> A estrutura da casa não suportaria a remoção da parede externa da frente.

Isto quer dizer que a casa desabaria com Mal ali dentro, e o peso da casa o rolaria para fora como uma enorme panqueca ferida. Fez-me pensar naqueles desenhos animados em que os personagens esmagam um ao outro com pianos de cauda, bigornas e geladeiras largadas do alto de penhascos. Só que seria uma carga de tijolos, além do que papai tivesse no sótão. Eu nunca estive no sótão. O segundo motivo era este:

> Os médicos achavam que a pele das costas e das nádegas de Malcolm crescera e se desenvolvera de tal maneira que começara havia algum tempo a incorporar o tecido da roupa de cama. A cirurgia necessária para retirar Malcolm da cama neste estágio quase certamente resultaria em sua morte por falência cardíaca, se fosse realizada com o paciente em seu peso atual.

Foi esta parte que me fez pensar. Mal não se mexia havia tanto tempo que sua pele começara a se fundir com o lençol da cama. Partes de suas costas eram de tecido. Todo aquele peso por todos aqueles anos tinha soldado os dois, formando algo novo. A soma de pressão com o tempo, exatamente como se faz carvão a partir de terra.

Olhei o especialista se preparar para deslizar a mão entre Mal e o colchão. Seus assistentes levantavam o transbordamento das bordas grossas de Mal, ladeando a cama como uma anágua vulgar, e ele começou a lubrificar a luva de látex com blocos cintilantes de geleia transparente e gordurosa. Ele é jovem e vigoroso, talvez em meados dos vinte anos, e eu sorrio ao imaginar o prazer que seus amigos terão ao contar os detalhes mais repulsivos de sua ocupação desvantajosa sempre que seu círculo social for agraciado com um estranho. Ele passa um elástico pelo pulso para prender a luva em trânsito e sensatamente retira o relógio, entregando-o a uma estagiária muito nova, que sorri porque pensa exatamente o mesmo que eu. Ele assume calmamente sua face estoica. Gentilmente avança, sob dobras pesadas e envolventes de gordura, por uma curta distância, até que não pode mais prosseguir. Depois imagino a todos enquanto Mal é descascado da cama, e sua pele se rasga e se estica como celuloide queimado, um ovo cozido demais raspado da panela. Depois que a mão chega ao máximo e se choca com a roupa de cama de carne, o especialista acena para o colega, que se ajoelha e começa a deslizar no pequeno espaço criado pelo braço intrépido de seu colega uma longa e fina vareta elástica com uma ponta de algodão. Devagar, aos poucos, ele avança, esfregando sua pele insuportavelmente pálida. Eles fazem uma careta simultânea quando um longo bolsão de ar é libertado e encontra suas narinas com um fedor suarento. A intensidade é tal que a mulher ajoelhada que segura as bolas de algodão oscila para trás com um estremecimento, e o silêncio é rompido pelo estalo abafado do instrumento plástico se rompendo em algum lugar dentro dele.

A indignidade de toda a operação pesa muito nas pálpebras de Mal, e ele dorme pelos quarenta minutos que cinco pessoas de jaleco levam para pescar o artigo ofensivo, aninhado em uma fenda nas nádegas de meu irmão. O sucesso é atingido por um cabide rudemente torcido e enfeitado com grampos de cabelo que pertencem à estagiária. Ela suspira, repassando mentalmente uma lista de outras possíveis profissões.

20

Agora estamos acostumados com os médicos na casa. Não é uma casa grande, a nossa, um bangalô mínimo. Mas, assim como Mal, ela cresceu.

Pertenceu à mãe de minha mãe. Tudo reteve a essência de seu bafo idoso, como as mãos cheiram a moedas muito depois de se pagar a conta.

Aos poucos, o quarto que Mal e eu dividimos aumentou junto com ele. A cozinha e a sala de estar foram derrubadas a fim de dar mais espaço para as camas, e mamãe e papai passaram a morar num trailer cromado enorme que recebemos de uma mulher chamada Norma Bee, de Akron, Ohio. O marido, Brian, como Mal, tinha se apoderado da casa, obrigando-a a sair dali como todo o ar que é expelido de um saco de vácuo. Quando ele ficou grande demais para se estar por perto, ela se mudou para o trailer no quintal e ali preparava as refeições dele. Frangos inteiros. Ovos cozidos. *Curries*, indiano e tailandês. Pão, bolos e sorvete em porções triplas. Dali ela o alimentava. Dali ela o mantinha vivo. Por um tempo.

Uma amiga que Norma Bee tinha na Escócia, vendo as semelhanças entre nossa situação e a dela, lhe mandou um pequeno artigo sobre Malcolm com que dera por acaso num jornal. Depois da morte de Brian, Norma Bee nos doou este trailer, um monólito parrudo e cintilante de Americana. Estacionado lá fora, uma bolha prateada e bonita de frente para o bairro, eu costumava fingir que era o ônibus de turnê de uma banda de rock que estava aqui para fazer um show para mim.

Quando não estava lá, papai em geral era encontrado no espaço do sótão do bangalô. Nunca o perturbávamos, nem quando crianças. Deixávamos que ele subisse para lá com sua papelada, seus livros, suas contas, suas invenções, suas ferramentas, seus muxoxos, suspiros e pensamentos. Podíamos ouvir seu tremor de raiva pelo reboco das paredes, as vibrações amplificando-se até que a casa se tornava um gemido gigante. Nada disso acordava Mal.

Enquanto crescia, Mal atraía insetos como uma bola de poeira rolante que sacoleja pelo chão de uma barbearia. Agora do lado de sua cama havia máquinas que o ajudavam a respirar, máquinas que o ajudavam a se limpar, máquinas que o ajudavam a comer, máquinas que o ajudavam a excretar. Enfeites necessários.

E havia cremes e remédios. Loções para esfregar nas úlceras e soros para massagear a pele, e tudo isso minha mãe fazia. Os últimos anos da vida dela foram efetivamente gastos untando um peru enorme no forno, erguendo-o, virando-o e cobrindo sua carne sem a recompensa de uma refeição substanciosa.

Ela se recusava a deixar que os outros ajudassem, e assim a lista de coisas na parede, a lista de deveres, as tarefas, o que precisava ser feito por alguém cuja preocupação era manter Mal vivo, era trabalho dela e só dela.

Alimentá-lo.

Banhá-lo.

Trocar sua bolsa.

Suas mãos eram enrugadas e nodosas, frágeis como papel de arroz, mas macias, gentis e mais velhas do que ela própria.

Verificar sua respiração.

Esfregar sua pele.

Trocar a bolsa de novo.

O cabelo de minha mãe, antigamente cerrado e cacheado, agora era só arame, branco e descuidado. Era o espectro do cabelo que um dia foi.

Fazer a barba dele.

Beijá-lo.

Não chorar na frente dele.

Ela era uma mulher vazia, enfraquecida pelo peso de um filho nos ombros. Seu filho Malcolm, o homem mais gordo do mundo.

21

Mal ainda está dormindo enquanto fazem os exames médicos. Quando parece que parou, ele recomeça. A agitação da pança infla os pulmões. Repete-se o ronco em rosnado. Parece repressão. O exército arrancando confissões de prisioneiros de guerra confusos. Ruído branco. Vi isso na TV uma vez, mas tinha mais encanto.

Mamãe agora costuma ficar lá dentro, mexendo nas cortinas para que o sol não jogue seus raios nos olhos de Mal, mas não hoje. Não tenho nada para fazer, só olhar para ele.

Seus braços são mais grossos do que minhas pernas. Quatro vezes mais. Cinco ou seis, talvez. Parecem rolos de presunto. Mal desprende pele, como uma cobra, a cada movimento. Toda manhã abriga uma nova camada dela. Suas unhas são grossas, rachadas, amarelas e brilham como fatias laminadas de queijo. Seu tronco imenso é contornado por estrias com o tamanho e a espessura do cinto de couro de um caubói. Eu as imagino se rasgando.

As dobras em sua carne ondulam como as dunas de um deserto. Esta é minha paisagem. A enfermeira que uma vez veio nos ensinar a usar o aparelho para secar o suor da pele de Malcolm e evitar a irritação que faz com que se sinta que está sendo lixado me contou a história de uma mulher com obesidade mórbida do País de Gales. Quando ela morreu de ataque cardíaco, com quase quinhentos quilos, aos 45 anos, descobriram o controle remoto da televisão por baixo de seu seio esquerdo. Eu gostava de pensar no volume aumentando e diminuindo com a sua respiração, enquanto a tela se apagava sempre que ela achava alguma coisa engraçada.

Morria de medo de pensar no que estava escondido dentro das fendas de Malcolm. Pequenos animais levados para a areia movediça de seu corpanzil.

22

Considerando que a chance de ser atropelado por um ônibus, cair de um penhasco ou ser atacado aleatoriamente por um trem noturno é eliminada por sua incapacidade de sair de casa, há um número surpreendentemente grande de maneiras de um homem de seiscentos quilos morrer. Ouço os médicos explicarem-nas de novo.

A obesidade como a de Mal, o médico faz uma careta, é influenciada por fatores genéticos, metabólicos e ambientais. Mal é o X no gráfico que representa onde as três circunstâncias devem se encontrar numa taxa acelerada. A obesidade mórbida envolve mais do que apenas uma falta de força de vontade ou um estilo de vida sedentário.

Obesidade mórbida. Mórbida. Nenhuma outra enfermidade humana vem pré-embalada com um sentimento introdutório. Isto porque, pelo menos tecnicamente, a obesidade é autoimposta. Implica que há um tipo alternativo de obesidade, uma obesidade alegre, talvez, ou uma obesidade feliz. Do tipo que os solteiros de meia-idade com senso de humor têm por um breve período, antes de se tornarem tão imensos e, portanto, detestáveis para que os classifiquem como mórbidos. Se Mal é mórbido ou não, era difícil dizer. Obesidade egoísta talvez fosse uma expressão mais adequada.

O médico sempre vem armado de modernos géis, pastas, comprimidos, suplementos e cremes. Ele desenrola uma lista de assassinos invisíveis.

Doença cardíaca coronariana.
Hipertensão.

Diabetes mellitus tipo II.
Hiperlipidemia.
Doença articular degenerativa.
Apneia do sono obstrutiva...
Risca risca risca risca risca.

O especial no cardápio de hoje era doença do refluxo gastroesofágico. Azia para a maioria, em Mal tornara-se um dragão excruciante e furioso que bafejava fogo. Manifestada, parecia que sopravam grandes nuvens de fumaça de petróleo por seu coração, terminando no alívio temporário de um arroto quente e grotesco.

Quando ele se sacode, a barriga ondula como se pedras imaginárias fossem lançadas por ela. Acima de Mal, vejo um corvo num vitral. Vejo sua carcaça conquistada no pátio. Vejo um gato puxando suas entranhas com a agitação violenta de um tocador de banjo.

Acima dele, vejo o trailer cromado rebatendo a luz pela circunferência despida de Mal.

E então, acima disso, vejo Lou.

Lou.

Ela voltou.

Dou quatro ou cinco piscadas firmes. Viro a cabeça de um lado a outro. E quando volto para onde a havia visto, ela se foi. É um fantasma, uma lembrança e um truque cruel de minha mente em meus olhos. A foto que carrego mostra nós dois, uma fotografia que pesa em mim. Eu a amava havia muito tempo.

23

Tudo que eu sabia de mamãe e papai antes de eles terem filhos soube pelas histórias que mamãe contava para Mal na cama, quando éramos novos. Dividindo um quarto, nós a ouvíamos até que um de nós, ou os dois, dormia. Era calmante. Ela era útero. Eram só fragmentos, mas podiam ser unidos facilmente e formar algo parecido com uma história.

Minha mãe conheceu meu pai logo depois de ele terminar os estudos. Mamãe não ia à escola havia anos. A mãe dela esteve doente, e o pai tinha fugido muito tempo antes. Mamãe cuidou da mãe em tempo integral, enfermeira, empregada e filha. Papai era popular. Era bonito e musculoso. Minha mãe não tinha amigos. Precisava de papai, e ele estava ali na hora certa, mas passaria a precisar dela em igual medida. Papai propôs casamento a minha mãe pouco antes de partir para trabalhar na África do Sul.

– Ele sentiu muita falta de mim enquanto esteve lá, e eu também. Ele gostava de ficar em casa comigo. Eu costumava preparar refeições imensas e nos sentávamos juntos e comíamos. Antigamente eu cuidava dele. Era mãe dele. Quando ele estava fora, eu mal sabia o que fazer de mim mesma. Só o que tinha era minha mãe, mas nessa época ela ainda estava doente demais. Quase não me reconhecia, a coitada. E era eu que dava banho nela, desde que era pequena. Eu me sentava com ela na casa, a coitada, e punha para tomar sol, limpava e cuidava dela, como sempre fiz, desde sempre. Esperava que ele voltasse para casa. Só queria cuidar dele. Cuidei de minha mãe por tanto tempo, era só o que eu sabia fazer.

Nós sempre ficávamos quietos quando ela falava:
– Quando ele voltou, não era mais o mesmo. Coitado.

Minha mãe sentava Mal no joelho, uma ventríloqua em silhueta. Ela o recompensava com doces por sentar e ouvir. Ele não se inquietava. Eu fazia a batida nervosa e chata de uma caixa de correio, mas Mal ficava calmo, uma galinha sob um pano escuro.

Quando papai voltava para casa, comíamos até a barriga doer e o sono nos drogar. Mamãe cuidava de todos nós, e deixamos para trás aqueles tempos em que a duração de um dia era uma perspectiva indefinível.

Nos meses depois de meu triunfo esportivo, ganhei confiança, testando o calor do espírito adolescente. Quando Lou e Mal saíam, eu perguntava a ela se podia ir também. Ela sempre dizia sim, e eu sabia, por isso, que ela gostava de minha companhia tanto quanto eu ansiava pela dela. Eu não conseguia pensar na companhia de outros. A dela era tudo, tudo menos minha.

A relutância de Mal em ter a mim seguindo-os para todo lado esmorecia rapidamente por insistência dela. Enquanto os dois andavam de mãos dadas, como fazem os meninos de 15 anos, eu trotava atrás como um vira-lata de desenho animado sentindo cheiro de salsicha, mas tentava ficar mais perto de Lou, onde me sentia mais acolhido. Mal miava sua irritação. Não ficava constrangido por ter a mim com ele. O que os outros pensavam não o preocupava, e ele não tinha nenhum amigo que sentisse o desejo imediato de impressionar. Era mais porque, quando eu estava presente, Lou ficava dividida. Ele não me considerava a ameaça que eu desejava ser, só não parecia perceber o quanto ela já o amava. Eu, sim. Sentia como deve ser o luto. Falar com ela aliviava, então eu falava o máximo possível.

Fomos ao parque de diversões. Era o início de uma noite de outono e, enquanto andávamos pelas ruas silenciosas, as brasas mínimas de jornais incinerados roçavam nosso rosto e nosso cabelo. Tudo parecia tranquilo e imóvel, mas o ar era agourento, como se houvesse uma briga em algum lugar nele e sentíssemos o cheiro no vento. Eu andava quatro passos atrás de Mal e Lou, distante o suficiente para ainda ouvir os trechos de conversa que não me incluíam.

O parque de diversões era erguido duas vezes por ano no terreno do centro de lazer da cidade. Era uma mixórdia de lâmpadas quebradas confundindo a grafia das placas nos trajetos e em minutos a grama verde e viçosa se transformava em uma papa encharcada crivada de pegadas. Meninas com o cabelo tão violentamente puxado para trás que ameaçava abrir a testa em duas. Meninos com uma quantidade industrial de produtos prendendo o cabelo curto e bem penteado, sempre para frente. Andando entre eles, vestido de um jeito desconjuntado com o que escavava no armário – meias esporte com sapatos escolares, jeans apertados, a camisa branca de papai, grande demais, e uma jaqueta de couro que um detetive na moda podia usar – com o cabelo, o andar e a namorada, Mal ficava inteiramente ridículo, mas pelo menos ele não fazia de propósito.

– Que merda está olhando? – veio uma voz.

Era uma raiva falsa, dava para saber. Possivelmente uma aposta, ou um desafio. Mas era dirigida a mim. Trouxe aquela sensação, o susto de quem está em perigo, um perigo físico e real. Acelerei o passo para alcançar Mal, mas ele tinha parado e não me atrevi a olhar para trás. Tudo acelerou. Mal não falou, só ficou parado ali, olhando por cima de minha cabeça. Lentamente inflou o peito, orgulhoso e pavão. Parecia imenso, feroz. Olhei em seu rosto, mas ele não me reconheceu, só encarava e encarava, e encarava. Pisquei cinco vezes e olhei para trás, mas nessa hora ele não fez nada. E a ousadia da voz atrás de mim foi esgotada.

– Que foi?! – gritou, como antes, mas com o poder destruído.

A mão de Mal segurou a mão de Lou, e a outra mão de repente segurou a minha. Parecia que seis anos tinham sido arrancados do calendário de minha idade. Eu me virei devagar.

A voz era de um menino, talvez de minha idade. Ele chamou para a briga com um gesto, as duas mãos em concha com dedos de venha cá, mas agora parecia ter medo, e a turma de idiotas que tentava impressionar parecia desdentada e coxa. Mal encarava. Devagar, eles se dispersaram nas luzes, placas e chances de ganhar coisas. O alvoroço de pânico aos poucos diminuiu, substituído pela admiração. Olhei para Mal. Ele não disse nada.

– Você está bem? – perguntou Lou.

– Estou – assenti, tremendo.

– Vem – disse ela. – Vamos comprar alguma coisa para comer, vai fazer você se sentir melhor.

Os dois ficaram de mãos dadas enquanto nos sentávamos, ditando subconscientemente os lugares à mesinha. Minha respiração ainda estava acelerada. Tentei relaxar ao olhar o cardápio através de um fedor acre de cebolas fritas. O homem seboso e fumarento que raspava com uma ferramenta de jardim pedaços calcinados de carne pela chapa preta e suja me fez perder o apetite pela vida. Pedimos três cachorros-quentes com as 10 libras que mamãe tinha colocado à força na mão de Mal. Cada um de nós se revezou para se aproximar do trailer e espalhar ketchup de tomate quase transparente e possivelmente tóxico na carne barata. O pão parecia úmido e lembrava suas digitais.

– Não sei por que as pessoas se incomodam – disse Mal.

Um calombo aquecido de manteiga escorregou de seu pão e se estatelou no joelho. Ele o pegou com um dedo em gancho e o colocou de volta na salsicha.

– Por que as pessoas se incomodam com o quê? – disse Lou.

– Com o plano.

– Que plano?

– Bom... – Ele refletiu sobre a pergunta, deu outra dentada e engoliu com um respirar fundo. – Essas pessoas, elas são da nossa idade, mas só ficam embromando, até que pensam que é aceitável começar um plano que bolaram para o resto da vida. Elas envelhecem e começam a beber. Conhecem alguém e engravidam. Trabalham e trabalham e trabalham. Compram uma casa e se sentam nela em silêncio, ouvindo o bebê chorar. Têm outro filho para fazer companhia. Acordam cedo, vão trabalhar, embrulham um almoço, voltam para casa, assistem à TV, pagam as contas, pensam que são felizes, tendo outro bebê só por precaução. Não, obrigado. E todas têm tanta pressa para fazer isso. Quer dizer, olhe só para elas.

Segui o raio mortal invisível do dedo apontado de Mal enquanto ele pontificava, depois ele baixou a mão na coxa de Lou, onde estava antes. Ele a apertou com força, como sempre fazia. Ele sempre a segurava, de uma maneira ou de outra. Lou olhou para Mal e meneou a cabeça.

– Isso se chama ficar adulto – disse ela.

– É o prêmio por ficar adulto? – disse ele.

– Não é um prêmio, porque não é uma competição. É só o que as pessoas fazem, Mal.

– Bom, não existem vencedores. Para mim, é besteira – disse ele. – Por que tanta gente se prende a um plano que quase nunca parece funcionar? Se todos os adultos vivessem sem tantas preocupações, ou tragédias pessoais, ou mesmo um dia de merda no trabalho, então eu podia entender. Mas não vivem. Por que perseguir uma coisa que vai se provar tão medonha na maior parte do tempo? Para mim, é um anticlímax.

Depois de cada um de nós ter jogado no lixo metade do cachorro-quente, segui Mal e Lou pelo terreno do parque. Ganhei um bicho de pelúcia que eu era velho demais para ter quando pesquei patos de plástico em um laguinho de criança. Lembrei-me do quanto a pescaria me deixava impaciente, como eu podia ficar impaciente. Dei o brinquedo a Lou, e ela disse que eu era um amor, depois me deu um beijo no rosto, só uma bitoca, o que me deixou meio constrangido. Em seguida, Mal atraiu uma multidão, batendo num bloco de espuma grande com um martelo de madeira imenso para tocar um sino. A tira crescente de lâmpadas acesas o declarou "Super-homem", e um alarme agudo soou. As pessoas em volta de nós aplaudiram, gritaram e assoviaram, e Mal desceu da base parecendo feliz de novo. Ele ganhou um brinquedo enorme, muito maior do que o meu, que deu a Lou, e vi pelo canto dos olhos quando ela lhe deu um beijo de gratidão. Odiei ser superado.

Ao sairmos, depois de ficarmos ali só por meia hora, passamos pelo mesmo grupo que encontramos ao chegarmos. Eles não disseram nada. O jovem antes corajoso que me provocou arrastou os pés na lama e olhou para o céu. Os amigos começaram a rir quando ele sem querer pisou em cocô de cachorro.

Pela primeira vez vi Mal mais velho, algo se manifestando. E pela primeira vez vi por que Lou o amava tanto; meus olhos se abriram para isso.

24

Papai saía para trabalhar com mais frequência do que ficava em casa. Ele percorria o país, visitando elevadores, principalmente os enormes para ninguém ou um monte de gente ao mesmo tempo. Em algumas noites, ficava em hotéis estranhos, em outro lugar, mas com as mesmas cortinas, a mesma escuridão fabricada pela manhã. Ele ligava e falava com mamãe ao telefone. Ela sempre se preocupava quando ele estava fora, mas ficava feliz quando estávamos todos perto dela. Ela dizia: "Espero que ele não esteja triste", e pensar nele triste me entristecia. Ele parecia grande e velho, como um elefante na savana, com a parceira aprisionada por suas presas.

No aniversário de 25 anos de casamento de meus pais, papai estava em casa. Ele veio do quarto. Estava com um terno cinza-claro e brilhante, e uma gravata listrada de cor metálica. A camisa era abotoada até o colarinho, e assim a circunferência de seu pescoço a enchia e transbordava. As pontas dos dedos estavam avermelhadas onde ele se atrapalhou com as abotoaduras antes de pedir a mamãe para cuidar delas. Suas calças eram apertadas demais, e o cabelo estava penteado para trás com água, para que, quando secasse, saltasse naturalmente uma mecha dura, compensada dos dois lados pelas primeiras pegadas da calvície. Ele estava elegante, e eu nunca o tinha visto de terno.

– Diga a sua mãe que vou dar a partida no carro – disse ele.

Mamãe se maquiava com atenção e cuidado. Seu rosto, coberto de blush, era do rosa que se vê em cartões de aniversário que aposentados enviam para você. Ela usava batom e parecia ser a primeira vez que eu o via em seus lábios. Os saltos e as ombreiras eram sanduíches grossos e generosos, com a salada se derramando pelos lados. A saia e o casaco eram do mesmo cinza do terno de papai. Juntos eles eram um postal opaco de um país chato e sisudo. Ela vasculhou a bolsa, verificou a carteira e olhou novamente.

– Aonde vocês vão, mãe? – perguntou Mal.

– Vamos comer fora – disse ela. – Pedi a seu irmão para contar a você.

Ela não me disse, porém, porque estava ocupada demais pensando em todo mundo.

– Fiz o jantar para vocês, é só esquentar, e tem torta de creme na geladeira para depois, mas não vamos chegar tarde. Por favor, procurem não fazer bagunça e tentem não quebrar nada. Arrumei tudo hoje. – Ela arrumava todo dia.

O bi bi bi do carro na entrada, o estampido de seu motor e o cheiro vertiginoso de gasolina de sua partida indicavam que ela precisava ir. Ela parou para nos dar um beijo no rosto. Eu me ergui para ele, um pescoço esticado como um filhote de passarinho sendo alimentado com minhocas retorcidas, ainda quentes do bico da mãe. Mal arriou ainda mais na cadeira e chafurdou num silêncio denso. Quando ela não suportou mais, plantou um beijo no alto de sua cabeça, bem no meio de seu cabelo brilhante, preto e rebelde. Toda a comoção e o barulho seguiram mamãe para fora da casa e, com o fechar da porta, de repente fomos excluídos. Mal não disse nada.

– O que vamos fazer? – perguntei. Gesticulei diante de seu rosto como se estivesse testando a suposta hipnose de alguém.

Mal se levantou. Fomos ao pé da escada de papai e, colocando um pé diante do outro, começamos a subir. Íamos nos meter em problemas por isso. Eu o segui. Ele colocou as palmas das mãos na parte de baixo do alçapão e o abriu lentamente, empurrando, até que ele caiu contra algo mais e ficou ali. O buraco no teto, como um telescópio numa colina, pedia que passássemos por ele. E assim fizemos. Segui Mal para cima, meus olhos no nível das meias puídas dele, sem saber o que íamos encontrar. Mas depois, com a mesma rapidez com que comecei a segui-lo, parei. Isto era inteiramente proibido. Eu não podia enfurecer meu pai.

– Vem – disse ele. – Vamos lá em cima.

Balancei a cabeça e desci aos saltos os poucos degraus até chegar ao chão.

– Pode vir – disse ele.

– Não, Mal. Vamos nos sentar – argumentei, virando-me para a sala, sendo detido por ele agarrado a meu braço, os dedos rígidos com a força de um homem decidido a explodir uma bola de basquete usando apenas as mãos. Ele me atirou no chão com um empurrão vigoroso, virou-se um pouco e saiu da sala.

Eu queria que ele se transformasse em pó. Peguei minha bicicleta e a empurrei pela porta da frente para a calçada, sem nem pensar em colocar os sapatos, e pedalei pela rua.

Três horas e dez minutos depois, o carro de papai rodou pela esquina. Eu estivera patrulhando, zanzando lentamente de um lado a outro, vendo que cada casa parecia a mesma, vendo os passarinhos mergulharem para as grande portas de vidro na frente da nossa e investirem de repente e de última hora para cima.

No escuro da noite, a luz dos faróis formou um véu em volta de mim e deu uma guinada brusca para a direita na entrada de carros. O estalo dos cintos de segurança precedeu o golpe metálico de trancas e o barulho das portas se abrindo.

– Onde está Mal? – perguntou mamãe. Papai revirou os olhos. Não "Onde estão seus sapatos?", ou "O que está fazendo aqui fora?".

– Sei lá – eu disse.

Com um giro nos calcanhares, ela acelerou para a casa. Eu ia segui-la, mas papai me parou na porta com a mão pousada no meu peito. Era bom sentir seu terno roçando a pele de meu braço. Nunca soube que podia ser agradável; suas roupas normalmente eram pesadas de um almíscar forte.

– Não entre aí – disse ele.

– Tudo bem – eu disse.

Fomos para o carro. Ainda tinha um cheiro doce, de perfume e vinho, como se o carro estivesse retendo esses aromas nos pulmões pelo tempo que pudesse, preocupado de nunca mais os respirar de novo. Pelas portas de vidro, eu via a forma de Mal debaixo do cobertor, a perna nua se projetando da lateral e o sobe e desce de sua respiração por baixo.

– Sabe que te amo, não sabe? – disse papai. E eu disse que sim, sabia. – E Mal também – acrescentou ele. E eu disse que sim, sabia. – E sua mãe, amo a sua mãe – disse ele.

Fiquei sentado, ouvindo-o falar. Ele falava tão raramente que, mesmo que fosse por pouco tempo, era como deviam se sentir os caçadores de tesouro quando sua engenhoca apitava.

25

Papai disse:
— Quando conheci sua mãe, eu a amei de imediato. Precisava dela. Entende isso? Não havia mais nada.

Fiquei meio sem graça, como se visse os dois se beijando.

— Em TauTona, era só nela que eu pensava. Eu queria voltar. Lá era quente, árido. Você acordava em sua rede de manhã e estava tão saturado de suor que podia torcer a rede como uma toalha que o enxugava depois de um banho. E fedia. De calor. O calor fede. De homens de manhã, as barracas grandes eram fumigadas por bafo de cigarro. Eu só queria voltar para sua mãe.

"Quando aconteceu o acidente, quando descobri, enquanto tentávamos salvar aqueles homens, percebi que não era para mim. A vida, quer dizer. Depressão, acho que é como se chama hoje em dia, uma idiotice dessas. Aposto que eles te socam de comprimidos de açúcar e te mandam seguir seu caminho. Bom, disso eu não sei. Parecia que eu queria ser criança de novo, quando tudo era indolor, fácil e feito para você. Queria que tudo passasse. A maldade, queria que parasse. Lembro de me perguntar por que alguém ia querer a responsabilidade pela vida dos outros em sua consciência, entende? Você vai aprender isso. E Mal. Meus pais me ensinaram que, quando eu ficasse adulto, o mundo seria minha ostra. Não vou contar a mesma mentira a você. TauTona me ensinou isso.

"Tudo que você imagina do futuro quando é novo torna tudo o que acontece depois uma decepção cruel. Vi aquelas mulheres chorando na superfície. Vi os colegas deles chorando no subsolo. Olhei sem nenhuma esperança enquanto nossa tentativa inútil de chegar àqueles homens dava em nada por horas a fio, e sabíamos que eles estavam mortos. Ninguém é recrutado para isso."

Do carro, olhei pelas grandes portas de vidro e vi mamãe, empoleirada na ponta da cama de Mal, esfregando seus pés. Ela sorria para ele. Suas lágrimas escorriam em fios pela maquiagem. Papai suspirou. Significava "Olhe para ela". Então nós dois ficamos ali, olhando. Parecia inadequado que o poste de luz na frente de nossa casa tivesse uma lâmpada quebrada e que ela não estivesse banhada em luz, como se vê nas pinturas a óleo dos anjos. Ela cuidava dele e, em troca, ele era só dela. Ela o salvava de um mundo para o qual ele não estava preparado.

26

Dia Sete Mil Quatrocentos e Oitenta e Três, segundo o display na parede. Agora, raras vezes olho para ele.

Mamãe chega com o café da manhã depois de os médicos serem despachados. Minhas pernas ainda rígidas e doloridas do tempo que dormi.

A comida é o relógio de Mal. Mamãe entra e sai da cozinha. O abrir de torneiras, o raspar de panelas com esponja de aço, o estalo metronômico da ignição na boca do fogão produzindo o gás azul-raio num casamento feliz de calor e luz. Todos esses sons têm um repique pavloviano.

Mal queimava tão pouca energia que seus padrões de sono eram desordenados. Ele cochilava, iluminado pelo brilho da TV, que exibia filmes antigos até as quatro ou cinco da manhã.

Acordava novamente lá pelas oito para ser recebido por um imenso café da manhã cozido, todas as cores da paleta de um artista que se senta a um cavalete para pintar o outono.

Graças a um breve cochilo depois disso, ele acordaria novamente para o almoço, em geral quando eu terminava o meu. Isso o fazia atacar escrupulosamente um fluxo constante de petiscos de chocolate, sorvete e bolos. Era menos uma provinha de comida do que uma prova de obstáculos.

Na hora do jantar, vinham porções verdadeiramente gargantuescas que impressionariam até o historiador mais experiente dos banquetes medievais da realeza. Qualquer sabor que ainda durasse logo seria destruído por talvez outro pote cheio de sorvete. (Conhecido como o pudim da noite, ao contrário de quando ele rapidamente consumia o mesmo de manhã. Então era simplesmente sorvete.)

Seguiam-se mais petiscos, fritas, uma ou duas tortas de carne de porco, mais chocolate ainda, até a hora da ceia, quando Mal costumava revisitar os restos do jantar. Antes de se retirar, minha mãe espalhava na mesa ao lado da cama comida suficiente para abastecê-lo à noite.

Uma vez, um médico de visita me disse que devido à horizontalidade de Mal ele não só tendia a crescer para fora mais rápido do que o normal, como também estava ficando mais alto. Todos nós crescemos à noite, por frações de frações de milímetros, mas, quando chega a manhã e finalmente nos levantamos, o crescimento é compactado novamente por nosso próprio peso. É por isso, disse ele, que os astronautas em geral voltam do espaço 15 centímetros mais altos do que quando saíram, o que deve ser estranho, ele brincou, quando se tem de dar um beijo ao reencontrar as esposas.

Vejo Mal inalar o café da manhã. Depois disto, ele rapidamente ataca o enorme bolo de chocolate que minha mãe fez, cavando-o com a mão em garra e metendo a mistura esponjosa, marrom, grossa e esfarelenta na boca com a precisão convulsiva de uma escavadeira industrial. Sua boca se abre tanto que posso ver o ponto onde a língua surge da mucosa. Ele está só a alguns graus de ter uma cabeça com tampa *flip-top*. Isso nele não deve ser atribuído a um equívoco evolutivo. A sobrevivência do menos apto. O adesivo caramelo que une o bolo pinga de seus dedos, pendura-se em fios de sua boca e entope os grumos de pelo em seu peito, mas ele, sem se deixar abalar, cavouca cada vez mais, mesmo antes de ter terminado a bocada anterior. Seu braço repete o movimento com a regularidade de um relógio.

Toda manhã fico surpreso com a deterioração da saúde da pele de Mal. Onde antes havia uma juventude corada, agora há uma mixórdia avermelhada e maléfica. A ausência de ar fresco transformou seu rosto em uma carteira avara de sujeira, suor e gordura. As pencas resultantes de acne imatura cintilam nas laterais do nariz, crescendo como um recife de corais pelo queixo e descendo pelo pescoço, piscando à luz do sol enquanto lentamente marinam em seus próprios sucos. A acne aos 45 faz com que eu me sinta melhor por morar com meus pais, morar na casa com meu irmão, aos 43 anos. Um pouco. Minhas pernas quebradas doem, mas também se emendam.

    Era seu amor que o estava matando. Minha mãe.

27

O estímulo visual de ver Mal ser banhado torce meu estômago até o esôfago. Ele parece um imenso monstro marinho apanhado e exibido num museu vitoriano do grotesco.

Mamãe abre a porta do quarto com o pé, carregando com cuidado uma tigela de água ensaboada e morna que espirra de lado a lado, de vez em quando dando saltos corajosos em imensas lágrimas de liberdade. É reforçada com uma loção antisséptica especial e cheira a limpeza. Mamãe baixa a tigela e começa a trabalhar metodicamente. Observo da cadeira de balanço no canto do quarto.

Ela começa pelo rosto, passando a flanela molhada em sua testa e descendo pelas bochechas. Ele ofega como um fole empoeirado, para dentro e para fora, para dentro e para fora, consumindo todo seu esforço. Ela passa a mão por baixo de sua mama esquerda, que pende como uma bandeira, e lentamente a ergue como se fosse uma pedra no jardim, como se aranhas disparassem para fora. Não me surpreenderia se acontecesse. Por baixo dessas dobras, a pele é branca como uma instituição, arruinada por crostas e arranhões, privadas de toda luz solar, sem vida nenhuma. Ternamente mamãe umedece a área com a esponja ensaboada. Os olhos dela são frios e desgastados.

A outra mama colossal. Terminado. Axilas. Terminado.

Em seguida, as dobras do braço, que ela vasculha em busca de felpas aglomeradas e encontra o suficiente para fazer um cachecol de boneca. Ela baixa seus instrumentos e força um braço sob o anel carnudo de gordura que divide os quatro diferentes segmentos de sua barriga antes de espalhar mais espuma morna pelas abas recém-expostas. Depois desce ainda mais. Mal fecha os olhos. Minha mãe se aproxima de sua virilha. Abre a mão na parte do meio, imensa e mosqueada, colocando-a na posição certa enquanto ela se fecha em seu pulso como as mandíbulas moles e pastosas de um peixe-boi, e leva uma toalha às partes íntimas de Mal, as bolhas infectadas que ele nunca vê.

Em seguida, da melhor maneira possível, as costas e o traseiro dele, a base esfolada de suas pernas, as bordas das nádegas que se projetam como blocos de estantes porcinas e deixam os lençóis ensopados do suor de um grande peso, sem permitir que o calor de dentro dele escape. Enquanto ela passa um lenço umedecido mais uma vez por seus queixos, preparando para fazer a barba, ele expele uma bolha de ar presa com um grito estridente. É um ruído que nunca perde seu caráter de novo. Recobrindo a metade inferior de seu rosto em grossas placas de espuma, ela passa cuidadosamente uma navalha por seu contorno. A pele de Mal se esticou e é fina e frágil, então é facilmente cortada. De vez em quando, vejo a lâmina vibrar, um filete vermelho-escuro de sangue se misturando à espuma, como uma morte na neve.

Recuso-me a ver quando ela corta as unhas dos pés de Mal. O mesmo quando ela esvazia sua bolsa.

28

Tic toc tic toc.
Minha mãe termina de limpar Mal assim que chegam os psiquiatras. Abro a porta para eles. Ela lhes diz que eles devem ficar até que chegue a equipe da TV. São dois, um homem e uma mulher, e os dois aceitam uma fatia de bolo por educação. Em vez de dar a impressão de que não está comendo, a mulher a embrulha num lenço de papel que encontra em sua bolsa e finge guardar para mais tarde, colocando no bolso do casaco. Minha mãe, por uma educação igualmente dolorosa, finge que não percebeu e distraidamente lhe oferece outra porção.

Ouço papai andar pelo chão do sótão, que geme e ronca quando ele não fica sentado. Ele não desceu o dia todo. Pergunto-me o que estará construindo. Vou me sentar com Mal e vejo uma larva de saliva descer sinuosamente de seus lábios esticados e molhados. Me dá ânsia de vômito seco, nada sobe à minha garganta.

A porta se abre e os psiquiatras entram. Adoro esta parte, a expressão deles quando o veem pela primeira vez. Eles veem primeiro os pés desaparecendo sob a manga pendente da gordura em suas pernas como uma cobra devorando uma ovelha inteira. Os crescimentos e deformidades causados pela fraca circulação traçam uma rota de subida até os joelhos, esferas imensas e achatadas de banha do tamanho de antenas parabólicas, as rótulas ossudas há muito sepultadas.

A mulher leva a mão ao rosto, consternada. O cheiro a atinge. Nem asco, nem piedade. Uma lufada impraticável, de suor e odor corporal, uma força horrenda e coagulada. Pode ser que ela desmaie, pode ser que não.

É passando das coxas que ele realmente começa a se espalhar, mas elas estão cobertas pela banha mutante de suas muitas barrigas. A veia roxa ocasional que galopa por elas perto da superfície é inchada ao ponto da ruptura. As estrias, da espessura de pneus, como faixas em volta de suas tetas imensas e pendentes. Os farelos nos pelos do peito, o olhar de peixe morto.

Cama e depressão são inexoravelmente ligadas, explicam os especialistas, enquanto se sentam em duas cadeiras plásticas que minha mãe colocou ao lado de Mal. A cabeça dele balança para olhá-los como se estivesse tombando sob o peso, e eu penso que é estranho que suas feições não tenham aumentado no ritmo da face em expansão em que se assentam. Isto, diz ela, é "um ciclo vicioso, na verdade. Ficar na cama, o constante mal-estar disto, a desregulação do relógio corporal, a falta de movimento, deixa você deprimido, um desequilíbrio dos hormônios". Ela tenta olhar Mal nos olhos e só nos olhos, mas não consegue, e dá uma panorâmica por seu corpo. Sua voz é meiga. Pode estar descrevendo as penas dos filhotes de pato, e não o frágil estado mental de um homem que não sai da cama há vinte anos.

– E então, quando você está deprimido... – continua ela, falando em uníssono com o assentir de metrônomo do colega, que mal consegue levantar a cabeça – ... o instinto natural é se esconder, procurar consolo no conforto solitário. Ir para a cama. É um ciclo vicioso. Mas você já sabe de tudo isso.

Ela quer entregar a Mal um folheto, mas seu pulso delicado por acidente roça na beira da bolsa quando ela se curva e o deixa cair. Cai no meio do peito de Mal e fica ali, aberto na foto de um homem obeso. É como aquela sensação de ser flanqueado por espelhos, de modo a ver a si mesmo duplicado ao infinito. Mal levanta os braços para pegar, mas não consegue, é incapaz.

Ocorre-me então que ele nem poderia unir as mãos em oração, se quisesse. Por fim me levanto, embora minhas pernas doam, e retiro eu mesmo o folheto.

– Desculpe – disse nossa convidada.

– Está tudo bem – diz Mal. Sua respiração é um arquejo pesado. Dobro o folheto no bolso de trás de meu jeans.

– Então, gostaríamos de lhe fazer algumas perguntas – diz o homem. Ele tem uma prancheta empoleirada no colo. Presa a ela, estão perguntas escritas por outra pessoa. O homem pode muito bem ser um computador. Ou uma caneta. – Elas vão nos ajudar a entender onde você está mentalmente.

Olho nos olhos de Mal todo dia. Não há nada de errado neles. Ele não é louco. Não era louco quando criança, não está louco agora, como um grande balão de ar quente de pele murcha. Não é isso que precisamos descobrir. Não é possível obter as respostas certas sem fazer as perguntas certas. E aqui está uma. Por quê?

Levanto-me devagar, os pinos das pernas rangem e passo pelos pés repugnantes de Mal. Passo por cima de cabos e carrinhos, cremes e soros, e abro a porta.

– Vai pedir a mamãe para entrar? – diz Mal num sussurro bafejado de fumaça de escapamento. Ele gosta de plateia. Ele sempre gostou de plateia.

– Tudo bem – digo.

Minha mãe está no trailer, onde sempre está, de frente para a parede sobre o fogão, como sempre fica. Sempre é quente ali, os vidros das fotos que ela pendurou para torná-lo um pouco menos sem graça ficam permanentemente embaçados. Uma foto de Mal adere à parede fina no alto da geladeira. Nela ele tem cinco anos e está nu. Dançando numa festa de aniversário, de joelhos dobrados, os cotovelos para fora. Os adultos em roda aplaudem sua apresentação.

– Mal quer que você vá para o quarto – digo.

Massageio rudemente a testa com os dedos.

– Eles terminaram o bolo? – pergunta ela.
– Quem?
– Como assim, quem? Os médicos.
– Eles não são exatamente médicos, mãe.
– Claro que são.

Ela tem as duas mãos nos quadris, como se imagina uma dona de casa nos desenhos de Tom e Jerry, mas nestes só podemos ver os tornozelos.

– Não são, mãe – garanto-lhe. – Só estão lendo perguntas de uma folha de papel. Eles não podem ajudar.

– Não seja bobo. Devo levar mais bolo para eles? – diz ela. Já preparou uma bandeja cheia. Arruma em semicírculo em volta de um bule de chá novo. Fica lindo. Podia ser um anúncio de chá com bolo.

– Sim. Sim. Se quiser – digo.

Ela pega alguns guardanapos. Sempre está limpando farelos. Meu Deus, ela está velha.

– Mãe – digo.
– Sim?
– Preciso falar com você.
– Sim – diz ela. – Mas me deixe levar essa bandeja. Você sabe como ele fica quando não estou lá. Como estão suas pernas hoje?
– Acho que bem.
– Você logo estará novo em folha, meu amor. Vai pular por aí. E vão lhe dar emprego na loja de novo, talvez de meio expediente, aposto.

Ela sai do trailer, empurrando a porta gentilmente com as costas. Assim que mamãe se vai, a porta se fecha num estalo. Não me lembro de já ter ficado ali sozinho. Os móveis de madeira grossa me fazem pensar na América. Tudo parece mais substancial na América, seu mobiliário sólido e confiável, coisas em que podemos nos escorar. Isso me faz pensar em Norma Bee, cujo trailer já foi dela.

Olho o gramado pela janela por um novo ângulo, onde pensei ter visto Lou. Ela não está lá.

Fechando a cortina, passo os olhos pelo interior. Nenhuma das coisas de papai parece estar aqui. A cama parece usada por um. Não é um lugar agraciado pela mão pesada, os pés desajeitados e roupas mal dobradas de um homem. Parece estéril e fraco, trilhado e usado. Papai passava um tempo cada vez maior no sótão. Decido lhe fazer uma visita e sigo, devagar, de volta a casa.

Ao pé da escada, ouço papai atrás do alçapão. O calmante tap tap tap de um martelo em um quarto de giro, ou a ponta de um cinzel. O tinido de parafusos e porcas.

Dobro o joelho esquerdo dolorido e levanto o pé para o primeiro degrau plano da escada de metal. Parece frágil e maleável, como um homem de lata, que pode se soltar do teto e cair com estrondo no chão. Meu pai abriria o alçapão e me encontraria deitado a três metros e meio dele, uma pilha de metal e partes corporais sangrando de seus cortes, um robô caído e retorcido. Mas não caiu, ficou rígida. Ele anda sobre a minha cabeça sem saber. A madeira afunda e sobe. Uma chuva de serragem cai em meu cabelo e se infiltra por ele, pousando no couro cabeludo, fazendo-me cócegas.

Com as duas palmas achatadas por baixo do alçapão, espero a minha vez. Espero e espero, até que ouço papai se sentar em sua cadeira velha e rangente lá em cima, que imagino coberta de couro surrado, mas não posso ter certeza. Depois, com todas as reservas de minha energia e minha calma, alço-me para cima com os cotovelos e o poder de minhas pernas contra a escada de metal amassada. Mas nada se mexe. Um peso trava o alçapão, um peso inamovível, e sou rejeitado.

Prendendo a respiração, fico naquela escada por alguns minutos, sem saber o que fazer ou para onde ir, sentindo-me uma criança de novo, lembrando-me de que sou um homem. Por fim, ouço a porta do quarto se abrir, o teste acabou, e dobro lentamente os joelhos machucados escada abaixo. Nada parece estar errado quando os dois psiquiatras colocam a cabeça pela beira da porta da sala para se despedirem de mim. O homem tem uma linha fina de chocolate acima dos lábios, pouco abaixo do nariz. Mamãe e a colega dele foram educadas demais para falar.

Quando eles se vão, espio o alçapão no teto de novo.

29

Ser adolescente quase sempre me entediava. Sentado em silêncio, eu ouvia a mecânica de meu próprio corpo. Gostava do silvo de meus ácidos gástricos forçando pequeninos grunhidos por minha garganta. Desfrutava da poça que se derramava surda quando eu deixava que minha boca se enchesse de saliva e a engolia toda num movimento exagerado, como uma galinha bicando um besouro, desembaraçada da peristalse. De vez em quando, ouvia meu próprio coração bater com uma força que fazia meu corpo se mexer involuntariamente, tud tud. Se eu pensasse demais nisso, perceberia um estalo fraco em minha cabeça, o tiquetaque de meu cérebro. Eu gostava, por um tempo, de ficar sozinho.

Mal tinha chegado a um platô, uma conciliação com a vida. Começava a ficar um tempo cada vez maior na casa de Lou. O pai dela até os deixava dividir uma cama. Ele talvez fosse apático demais para protestar, ou simplesmente não tinha controle. Eles nunca poderiam ter feito o mesmo em nossa casa, a não ser que quisessem dividir o quarto comigo.

Eu não teria me importado.

Suas ausências prolongadas deixavam minha mãe desolada. Ela pegou um emprego de faxina à noite no escritório do prefeito. Jogava fora as garrafas de conhaque vazias escondidas na caixa de descarga do banheiro e fingia, quando ele olhava bêbado e de esguelha sua constituição pequena, não ter percebido seu nariz roxo revoltante, coleado de veias rompidas.

Nem papai ficava em casa tanto quanto no passado. Recentemente se sentiu capaz de voltar às minas profundas da África do Sul, embora desta vez longe de Johanesburgo. Foi empregado como consultor na descida de um novo elevador a três quilômetros do centro da terra. As coisas pareciam estar funcionando. Havia convenção. Havia descanso. Nada inesperado. Era como se a casa esperasse que uma nuvem poderosa caísse sobre ela. Uma nuvem que nunca chegava.

E assim eu passava muito tempo sozinho. Pensava em todas as coisas que queria, preso em minha mente adolescente e fértil.

Ficava sentado e desejava ser Mal, suas mãos apertando desajeitadas os pulsos de Lou. Usando o nariz dele; não... O meu nariz, para rolar em seu cabelo e ter acesso aos lóbulos de suas orelhas. Deslizando um dedo, depois dois, depois a mão em concha rapidamente por baixo do elástico de seu sutiã. Puxando-o rudemente na esperança de abrir e bombardeando excitadamente seu peito com beijos de boca aberta. Passando hesitante uma palma aberta pelo elástico de sua calcinha macia. Pegando o que encontrasse na mão e gentilmente vasculhando, na esperança secreta de um guia, um sinal, um mapa de exatamente o que viria a seguir. Depois finalmente achando meu caminho quando o que estivesse ali me aceitasse, me puxasse para si.

Depois sozinho de novo, no meu sofá, esperando apenas que o pai de Lou de repente mudasse de personalidade, ou desenvolvesse repentinamente alguma. Que ele irrompesse por aquela porta de quarto, temível como um rinoceronte, agarrando Mal pelo pescoço, e não a mim, erguendo-o contra a parede. Eu murmurava as palavras que ele diria: "Nunca mais vai tocar na porra da minha filha de novo!" Imaginava Mal desmoronar, enquanto Lou percebia o erro de seus hábitos. Ela correria da casa dela para a minha, encontrando-me sozinho, dormindo em uma poltrona, e me pegaria em seu abraço.

Acordei e encontrei mamãe em casa, tendo saído cedo do trabalho. Era terça-feira de carnaval, mas ela se esquecera de comprar ovos. Comemos um prato de fritas e feijões de aparência lamentável, enquanto ela me contava como era o bafo do prefeito. A aurora laranja de muco tinha secado e sujava nossos pratos, e tinha esfriado havia muito tempo quando Mal entrou pela porta, e ela se levantou para lhe preparar um jantar. Era quase meia-noite, e ela esperava. Ela oferecia, ele sorria e era alimentado, então ela ficava feliz.

Quando terminou de comer, Mal colocou o prato no chão a seus pés. O caldo grosso ali escorregava de um lado a outro. Sem perguntar, minha mãe, que estivera olhando da porta da cozinha, trouxe para ele duas fatias grossas de pão branco e macio, leve e fofo, com gosto de nuvem, para limpar o que restava da refeição. Ele limpou, deixando a fatia amaciada e rasgada escorregar para seu estômago, onde inchou como uma esponja em suas entranhas molhadas.

Mais pão foi partido, oferecido e rejeitado. Mal esfregou a barriga, acompanhando as linhas de sua distensão com a ponta dos dedos. Ofereceu-se sorvete como alternativa. Ele aceitou, e mamãe, sorrindo, girou para a cozinha.

– Você está ficando gordo – brinquei, mas era farpado de malícia e ele sabia disso, podia sentir suas garras, jocosas e desagradáveis, como um gato em seus ouvidos. – Agora que saiu da escola, vai ficar cada vez mais gordo se só ficar sentado aí o dia todo.

Ele se mexeu para responder, mas minha mãe falou primeiro:

– Não tem pressa, Malcolm, você sabe disso. – Ela assentiu para ele.

– Eu sei – disse ele.

– E pare de implicar com ele, ele não lhe fez nada – disse ela para mim.

Mal foi para a cama antes de mim, assim como minha mãe, e fiquei sentado e acordado até tarde, com o brilho estroboscópico da TV em meu rosto no escuro. Quando por fim me retirei, descobri que Mal esvaziara meu travesseiro de penas. Cansado demais para brigar, ajoelhei-me e lentamente peguei-as, uma a uma, enfiando-as na fronha até que tivesse pelo menos o equivalente a uma galinha, onde dormi, indócil, pelo que pareceram segundos.

30

Uma violenta batida na porta da frente arrancou-me de um sonho logo esquecido. Uma pena estava congelada em meu lábio seco e sonolento e arrancou uma camada de pele quando a puxei para falar:
– Mal. Mal.
– Que é?
– A porta – eu disse.
Eu sabia que ele não estava acordado, nem dormindo. Ele era uma confusão de gargarejos.
– O quê?
– A porta – disse de novo.
Depois ouvi outras batidas, um punho martelando a madeira, balançando ruidosamente o metal da caixa de correio.
– A porta, Mal! – gritei entre os dentes cerrados, sabendo que o que estivesse do outro lado não estaria procurando por mim.
Ele jogou uma perna para fora da cama, depois a outra, e com um bocejo pôs o cobertor sob os braços como um imenso xale acolchoado e, ainda nu, a não ser pelo cobertor, saiu do quarto e foi à porta.
Ouvi a voz de Lou e procurei uma calça no escuro. As pernas estavam metidas para dentro e embaralhadas, e forcei meus pés com pressa por elas, o sangue que corria pelas artérias obstruído por blocos caseosos de gordura. Os passos dos dois se aproximaram. Abotoei a calça na cintura num *timing* cômico quando os dois surgiam pela porta. Mal estava com o braço nos ombros de Lou, como se a mantivesse junto dele, e

ela chorava. Seu braço era grande e forte, e o pescoço magro de Lou pousava nele. Parecia que ele a conduzia, tonta, dos destroços de um acidente de carro. Só que ele estava nu e arrastava a roupa de cama com o pé direito pelo carpete. Ela não parecia perceber, as mãos estavam fechadas no rosto como faria um livro. Curvei a barriga e arqueei as costas. Eu me fiz pequeno. Fiz o máximo para ser assimilado pelas sombras formadas no canto de meu quarto pela nesga de luar que entrava pelas cortinas da janela.

– Sente-se – disse ele. Lou se empoleirou na cama. Ele a envolveu em seu poder. – Conte qual é o problema.

Ela gaguejou, a voz atolada no fundo da garganta. Aos poucos a limpou, ficou mais forte e começou a falar do que a levara ali no meio da noite:

– Minha mãe foi embora e o deixou – disse ela.

Uma vez Mal me contou sobre a mãe de Lou. Ele a chamava de egoísta, arrogante e tirânica, e era evidente, pelas vezes em que o pai dela aparecia para buscá-la em nossa casa, que era com ele que Lou contava, e não com ela. Agora parecia que era com Mal, e não um dos pais. Mal afagava seu ombro. Cabia perfeitamente na palma de sua mão e, depois de respirar fundo algumas vezes, ela voltou a falar, e percebi que só ouvi o final de uma longa inevitabilidade:

– Depois que você foi embora ontem à noite, ela disse a ele. Assim, do nada. Ela entrou na sala e disse a ele. Disse que ia embora. Que o deixaria, ela disse. Que estava com outro, há anos. Aquele homem, o verdadeiro corretor. O corretor de imóveis, aquele que tem a cara nas placas. Ele. Por isso ela nunca estava ali. E que era por isso que ela não o amava mais, porque ele só ficava sentado naquela poltrona, vendo televisão. Ela disse que não se lembrava da última vez que eles conversaram. E depois saiu. Ela foi embora.

Os ombros de Lou tremeram como se sua coluna sofresse o coice de um rifle. Eu me encolhi mais e mais em minha cama e escutei.

– O que ele fez? – perguntou Mal.
– Nada. Ele não fez nada. Nem piscou. Ele não se mexeu nem levantou a voz. Nem mesmo falou. Só ficou sentado ali, como uma casca vazia. Como um fantasma.

Seus lábios vacilaram quando ela respirou um soluço e um silêncio onde se esperava um gemido.

– Mas não é culpa dele. Ela fez isso com ele. Ela o destruiu. Ele ficava sentado ali o dia todo porque não sabia o que fazer.

Ele massageou o músculo fino de seu braço, subindo e descendo, subindo e descendo, como se estivesse hasteando uma bandeira, e ela se inclinou para ele como um gato de costas arqueadas em uma perna amiga. Ela chorou mais, e as palavras pareciam molhadas:

– Ele a amava. É como se ela o tivesse matado e o deixado vivo ao mesmo tempo. Ela nunca estava em casa. Sempre na rua. Sempre com ele. E papai sabia, esse tempo todo ele sabia.

Houve silêncio por um tempo, exceto pelos lamentos baixos e cansados que ela soltava:

– A mulher a quem ele dedicou a vida, e ele nunca desistiu porque acreditava que a amava. Devoção total, e aos poucos isso o destruiu. Dá para imaginar isso?

Uma vez Mal me contou que ela era parecida com o pai. Nunca com a mãe.

– Tentei abraçá-lo, mas ele não se mexeu. Ele não estava realmente ali. Agora ele nunca estará.

Ela aninhou a cabeça no pescoço de Mal, e ele a abraçou. Era como se ele tivesse crescido em volta dela, como hera, exatamente o que era preciso no momento certo.

Puxei meu cobertor sobre a cabeça e pensei até ouvir os dois dormindo. Aquele pobre homem.

Pela manhã, nenhum dos dois tinha se mexido.

31

Embora eu não estivesse destinado aos píncaros acadêmicos, quanto mais velho ficava, mais gostava de estudar. Procurava a escola e precisava dela. Mas não me lembraria do que tinha aprendido, e sim da proximidade da lição da primeira vez que senti a boca de uma garota colocada na minha.

Sally Bay, a Sal, era da minha turma. Ela usava maquiagem, os azuis e rosa de um periquito, emprestando-lhe um poder de sedução que as outras meninas ainda não tinham imaginado. Os meninos gostavam tanto de Sal que atribuíam um significado inteiramente diferente a um soco de brincadeira que ela desse. Mesmo que doesse, era um prazer. Era atenção. Era tudo o que eu queria, mas tinha perdido agora que a de Mal era dividida com tanta frequência, e que por causa dele Lou nunca me daria.

Era um dia quente de primavera, o ar num turbilhão de pólen e sementes flutuantes. Estávamos sentados no parque, eu, Sal, Sporty Chris, outros, tirando aquelas tiras amarelas e grossas de palha do chão com puxões fortes, como quem arranca as cerdas ásperas do dorso de um porco. As pessoas desapareciam, iam para casa tomar chá, ver TV, outros afazeres, até que só ficamos nós dois. Nenhum menino para dizer coisas engraçadas antes que eu pensasse nelas. Sem fanfarronice, sem mentirosos, sem corredores, saltadores ou pensadores mais rápidos e mais fortes, só eu e ela.

Estávamos esparramados na grama de um jeito nada natural, perto de dar comichão. Tão perto que eu podia ouvir as curtas lufadas de sua respiração nervosa e acelerada, e eu estava ficando excitado.

– Já beijou alguém? – disse ela.
– Rá! – bufei. – Sim – menti.
A expectativa serrou meu crânio, uma boca cheia de sorvete gelado.
– Quer me beijar? – perguntou Sal.
Virei-me para ela, roçando nossos narizes quase lábios de esquimó. Seus olhos estavam fechados, um azul pastel grosso. Seu rosto era aquecido pelo sol, e mosquinhas mínimas zumbiam redemoinhos por sua orelha. Você, pensei, você é a pessoa mais normal que conheço. E eu gostava disso.
Lambi os lábios, não para molhar demais, depois os uni como as meninas fazem para retirar o excesso de um batom roxo-cereja como aquele que ela usava e fazia seus lábios parecerem ao mesmo tempo vivos e de plástico. Depois os franzi, como nas revistas, e os impeli para frente devagar, como nas novelas, até que houve o mais leve dos contatos.
– Espera! – disse ela, colocando o casaco que usava como travesseiro por cima de nossas cabeças, como que para evitar que o sol testemunhasse nosso pequeno encontro ilícito. Como um bônus a mais, na eventualidade impensável de um de nós abrir os olhos no meio do ato, ou, Deus nos livre, os dois ao mesmo tempo, o horrível constrangimento seria abafado pelo escuro.
E ela avançou, a mão hesitante pousando em minha barriga não para abraçar, mas para ficar ali, temerosa e rígida. Imitei o ato, espelhando seus movimentos, mas com o máximo cuidado para não roçar por acidente em seu seio. Em vez disso, e para meu imediato arrependimento, minha mão caiu em suas costelas ossudas com o posicionamento estático que um velocista pode adotar nos blocos de largada. Sally tinha cheiro de mulher adolescente, pegajoso no fundo de minha garganta. Seus lábios, ao chegarem aos meus, estavam entreabertos, quentes e melosos. Os meus, sem saliva, ficaram secos de pronto, e assim nós arranhamos e chocalhamos juntos, até que eu também estava coberto de uma camada de seu batom. E logo estávamos nos movendo um para o outro, nossos corpos de ferro batido,

mas as bocas, duas enguias. Nossos queixos dois motores, pulsando, errando e encontrando o ritmo juvenil e incompetente do outro.

Abri os olhos enquanto os címbalos soavam em minha cabeça. Foi maravilhoso. Olhei para ela e, embora não enxergasse nada, esqueci-me muito brevemente de tudo o mais que já importou e curti o momento tão inteiramente que lágrimas quiseram se formar no canto de meus olhos. Durou apenas segundos.

Ela se afastou e riu. Sorri também. E tive um branco. Não sabia o que dizer. Não havia ruídos corretos, nem incorretos, a serem feitos. Só o farfalhar da relva alta e os últimos restos de prazer. Mas eu precisava falar, para resgatar a nós dois. Então entrei em pânico. Imaginei Mal falando com Lou.

– Quer ir para a minha casa? – eu disse. Mas eu não era ele, e ela não era ela. E eu tinha 15 anos. E isso era ridículo.

– Er... Não – disse Sally. Ela corou. – Não posso. Preciso ir para casa.

Ela se levantou, se despediu e andou pelo longo círculo de relva que nossos corpos tinham entalhado de costas no chão. Casa. Mas foi por instinto e mais nada. Martelando em mim por todos esses anos, um desconforto com o mundo real que só então eu podia começar a abandonar. A casa sempre foi segura. A casa sempre foi fácil. Mas eu não queria mais facilidade. Queria me deitar nos campos, beijando meninas.

Eu a olhei partir. Imaginei as costas de Lou.

32

Uma hora depois de meu primeiro beijo, o resíduo de euforia ainda permanecia, como acontece quando se tem sorte por ainda estar vivo. Andei para casa devagar enquanto o sol se punha, e o céu modorrava num púrpura melancólico. Eu estava abençoado de uma nova confiança. Imaginei a mim mesmo num filme antigo, tirando o chapéu para as senhoras, saltando no ar e unindo os calcanhares com um estalo charmoso. Imaginei a mim mesmo girando tranquilamente em postes por 360 graus inteiros. Talvez duas vezes. Eu era elegância e serenidade. Algo na noite tinha estimulado em mim um superpoder a ser corroborado. Senti o mais leve formigamento dele por minha testa, descendo em cada braço.

Entrei em minha rua a tempo de o sol colocar em silhueta a chaminé. Papai estava sentado em seu carro, de porta aberta, as pernas balançando de lado como quem desce em um poço. Fumava um cigarro, cujo fantasma formava desenhos tênues. Eu nem sabia que ele fumava. Ele assentiu como meu pai, um curto e elegante "Oi, como você está?" que indicava alguma familiaridade. Parecia muito desgastado, quase um estranho.

– Chegou bem a tempo para o jantar – disse ele, depois jogou a guimba do cigarro no bueiro.

O jantar era uma pizza pré-cozida e desprezada. Nacos de abacaxi flanqueavam a carne que parecia inflamada, vitrificada numa camada reluzente de gordura, assentada em um prato velho e lascado que papai ganhou numa rifa. A TV estava desligada e ficamos empoleirados de cada lado de uma mesa de armar emaciada e quadrada que normalmente nunca era usada. Não era um bom presságio. As famílias felizes comiam no colo. Levei um tempo a mais para mastigar o queijo ligeiramente marrom e a crosta grossa e esfarelenta na esperança de que isso me isentaria de qualquer dever de romper o silêncio. Papai examinou a borda serrilhada de sua faca antes de passar manteiga em outra fatia de pão.

– E então – disse-me ele. – Tudo bem hoje?
– Vi a orientadora vocacional – eu disse.

Decidi que agora não era hora de falar nisso, depois de me deitar num campo com uma menina e quase sentir o contorno de seu seio jovem e macio, e ser obrigado a parar no caminho de casa e olhar na vidraça espelhada de um cabeleireiro para saber se meu lábio superior não estava manchado de maquiagem. Estava. Com os olhos ele me incitou, implorou-me para contar meu dia na escola. E assim, por ele, contei.

– E o que você gostaria de fazer? – perguntara-me ela.

Minha orientadora vocacional da escola, uma mulher de nome Srta. Kay, que quando lhe fizeram a mesma pergunta não respondeu "ser orientadora vocacional", pareceu surpresa por eu não ter uma resposta pronta.

Ela se vestia como uma supervilã *art déco*, com fortes golpes de pretos e brancos primorosamente encimados por uma cabeleira brilhante e angulosa que dançava de lado em sua cabeça quando ela andava decidida pelos corredores. Ela fingia não perceber a caricatura grosseira dela que alguém fez a lápis na parede ao lado da porta da sala dos professores. Poucos queriam estar em outro lugar em cada dia de trabalho como a Srta. Kay. A vida adulta para ela era uma imensa decepção. Não conseguiu cumprir nem uma das promessas que fez a ela e gostava de esfregar isso em sua cara, obrigando-a a passar a maior parte de suas horas de vigília com pessoas de uma idade que facilitavam o prazer de se estar vivo.

No ambiente estéril de sua sala, ela espalhava panfletos pela mesa, detalhando todo tipo de profissões que eu nunca considerava. Ocupou-se de falar delas comigo sem fingir ter alguma

paixão por sua vocação. Isso não me importava, e eu havia parado de ouvir algum tempo antes.
— Está me escutando? — perguntou ela.
— Sim — eu disse.
A verdade é que eu pensava em Lou. Aquela beleza, só o equilíbrio das maçãs do rosto (formavam o gradiente perfeito, esticando a pele por seu queixo de querubim) fazia com que explosões vertiginosas de adrenalina ardessem por meu coração.
— No que acha que você é bom?
Fingir ouvir.
— Não sei bem — eu disse.
A Srta. Kay tirou da mesa as fotos de encanadores, eletricistas e pedreiros, metendo-as nas pastas correspondentes na estante. Era o reverso do processo que havia executado cinco minutos antes. Ela foi até a janela, limpou uma mancha no vidro com o punho do casaco e se virou para mim.
— Sabe...? — Ela parou. Parecia ter dentes demais na boca. — Sabe o que seu irmão Malcolm disse há dois anos, quando perguntei o que ele queria fazer?
Eu não fazia ideia.
— Malcolm está desempregado — eu disse.
— "Queria mudar o mundo" — disse ele. — E sabe o que eu disse a ele?
— Não — falei.
— "Não seja ridículo."
Ela meteu um folheto na minha mão enquanto eu saía pela porta. Na frente, havia uma foto de um homem carregando uma caixa, parecendo entediado. Eu só podia presumir que a caixa contivesse sua vontade de viver. Ele era meio parecido com a Srta. Kay.
Minha família, à mesa de jantar que era tão pequena que nossos joelhos se chocavam e se entrelaçavam, só recebeu uma versão editada dessa história. Deixei de fora a parte sobre Mal, mas pensei nela e vi seu rosto enquanto ele se lembrava, os olhos baixando ao cubo de carne de porco barata que ficara sozinho em seu prato.

33

Sem as qualificações ou a inclinação para seguir qualquer educação formal, depois de terminar a escola me agarrei firmemente aos detritos flutuantes da subcorrente de empregos que não dariam em nada. Resignei-me a dois anos de tédio destruidor da alma antes de sair de casa. Todos os outros pareciam fazer a mesma coisa. Era o que as pessoas faziam, algumas para sempre.

Encontrei um emprego num açougue onde o piso tinha cheiro de alvejante pegajoso, mas nunca estava limpo. As paredes fediam a carne cerosa. O mesmo no rádio e o mesmo nas canecas nas quais se bebia chá quente e sibilante. Ao toque, tudo era pegajoso, como segurar um rim molhado e cru. Quando chegava em casa depois de um dia de trabalho, a pele de minhas mãos era de um azul ardente de escavar pelas prateleiras do frigorífico, e coberta de cortes e arranhões das pontas afiadas e vingativas de fígados congelados. Meu avental era manchado de sangue de ajudar um colega, Ted, para quem a conversa se limitava a estatísticas esportivas e diferentes cortes de carne, a carregar nos ombros peças inteiras de carne de boi entre o caminhão de entrega e a câmara frigorífica. Parecíamos carregadores de caixão numa fazenda, eu brincava, o que ele não entendia.

Eu gostava de Ted. Ted ouvia enquanto a maioria simplesmente esperava a vez de falar. Se ele não entendesse alguma coisa, não sentia a necessidade de atirar conjecturas a esmo na discussão. Ele era franco. Tinha uma cara grande e sincera, e um peito grande e sincero acima de pernas sólidas e verdadeiras como troncos de árvore. Ele me lembrava um fiel São Bernardo cavando a neve alpina em busca do dono enterrado. Foi quando conheci Ted, coberto de sangue depois de transferir carcaças ocas de cordeiros toda manhã e com a mão estendida pingando, que decidi que faria dele meu melhor amigo. Sempre coberto de sangue. Eu o chamava de Red Ted.

Red Ted não ligava para quem era Mal. Não perguntou em momento nenhum. Mesmo passados anos e anos, depois do Dia Um, e mesmo muito depois disso, após eu ter ido à América e voltado, quebrado, Red Ted me levava para meus compromissos no hospital num carro que era pequeno demais para ele, deixando-me na porta. Nunca perguntou sobre Malcolm Ede, embora todo mundo soubesse de Malcolm Ede. Por isso eu gostava de Red Ted. Por isso e por seu nome.

Red Ted tinha 22 anos. Também tinha caído no açougue depois de sair da escola, empregado pelo homem que era dono da loja para arrastar os latões cheios de ossos pelo quintal sem escorregar em uma cartilagem errante e quebrar suas costas gargantuescas. Logo depois de ele começar no emprego, o dono desenvolveu artrite crônica nos dedos, depois de anos de exposição ao frio, aos cortes e às infecções resultantes quando essas coisas se combinavam, como acontecia ali. Tendo de decidir entre fechar a loja e entregá-la a Ted, ele preferiu a última, atento ao fato de que poucas pessoas eram mais dignas de confiança. E, além disso, poucos tinham aptidão para cortar carne. Red Ted, com uma pequena faca de filetar de ponta curva presa entre o polegar e o indicador, podia retirar todos os ossos de uma galinha, impecavelmente e sem desperdiçar nada da carne macia, em menos de um minuto. Eu me lembro de imaginar, todos esses anos depois, ao ver Mal se expandir, quantos cortes de carne Red Ted poderia remover dele e quanto tempo levaria para fazer isso.

– Não muito tempo – respondeu ele simplesmente quando lhe perguntei uma vez, como se fosse um ato tão normal quanto enrolar um lombo de porco ou preparar costeletas de cordeiro em fatias finas. Ele podia fazer uma vaca em menos de uma hora.

– Tem alguém aqui que quer ver você... – anunciou Red Ted um dia, em seu barítono de costume. Quando ele gritava, era a trombeta a toda de um trem acelerando.

– Quem é? – perguntei.

Eu limpava com as costas da mão a geleia fria, escorregadia e dourada de um rolo de peru recém-cozido. Não teria sentido parar, limpar e voltar a colocar a rede no cabelo só para descobrir que era Chris, ou Sally Bay, ou qualquer dos outros que apareciam sem anunciar na esperança de faturar uma salsicha de graça.

– É a Lou.

Endireitei o avental, enchi as mãos do pó antisséptico azul que arrotava bolhas químicas em contato com a água quente em minha pele e joguei de lado a rede de cabelo. Uma olhada no espelho. Uma esfregada nas mãos, mais uma endireitada no avental e respirei fundo, bem fundo. Parecia que eu não a via direito fazia algum tempo, desde que Mal praticamente se mudara para a casa do pai dela.

– Oi – eu disse, em voz baixa, surgindo para surpresa dela da porta por baixo da explosão futurista de néon da máquina pega-moscas. Zumbia, como suas vítimas. Ela se virou.

– Oi. Como você está...? Gostei do avental.

Eu ri.

– Obrigado. Estou bem. E você?

– Bem.

– Eu tiro, se você não veio comprar um filé.

– Não.

– Fazemos cortes excelentes.

Conversa de adultos. Com Lou. Engraçada. Inteligente. Leve, não muito séria. Pela primeira vez. Ela sorriu. Minha mente se iluminou, e a meus ouvidos chegou a música de órgão que tocavam no beisebol americano quando faziam um *home run*, mas minha cara continuou composta. Perguntei-me por que nunca ninguém sentia que estava amadurecendo, só acordava um dia e estava maduro. Bom, quase.

— Tem notícias do Mal? — disse ela.

— Não — disse eu. — Desde ontem. Ele comeu todos os meus biscoitos.

Ela riu de novo. Fiquei com estrelas de desenho rolando em volta dos meus olhos, minha boca uma fonte espumante de moedas douradas animadas.

— Ah. Bom, encontramos um lugar para morar.

— Tudo bem.

— A gente estava imaginando... Se você podia nos fazer um favor.

— Claro. Tudo bem. O que é?

Meu coração começou a doer. Quase me virei para saber se Ted não tinha enfiado o cutelo por ele. Sabia que isso ia acontecer. Eu estava pelo menos três segundos à frente do mundo.

— A gente quer saber se você daria a notícia a sua mãe.

34

Naquela noite, minha ida a pé do açougue para casa foi prolongada pelo calor indolente do crepúsculo laranja. Estendia-se para além do reconhecimento, como andar atrás de um ataúde de família.

Quando cheguei em casa, eu estava um trapo. Esqueci de tirar o macacão. Um avental sujo. Um casaco branco salpicado. Botas raiadas das manchas espectrais do alvejante que Red Ted usava para limpar o chão. Um gorro branco com sangue animal coagulando em sua borda. Eu parecia um árbitro ensandecido.

Tirei as botas fedorentas do lado de fora e as arrumei lado a lado no degrau. Com um cuidado cirúrgico, passei a chave na fechadura e a girei. Dentro da casa encontrei Mal, surpreso ao me ver, enchendo uma caixa de papelão com um sortimento de roupas descoordenadas.

– Se você está aqui... – eu disse – por que tenho de contar a ela?

Sem espaço para olás. Sem tempo para um como-vai.

– Porque ela não está aqui – disse ele. – Está no gabinete do prefeito e não estarei aqui quando ela chegar.

– Mas poderia estar.

– Mas não estarei.

Ele apanhava fardos inteiros de suas coisas do guarda-roupa com os dois braços, como se deslocasse rochedos com uma urgência crescente, e sem consideração pelos vincos e dobras que minha mãe adorava, largando-os nas caixas arrumadas no chão até que transbordavam pelos lados. Joguei o gorro sujo de sangue na cama, mas ele rolou para o carpete. Eu me sentei onde ele caiu e o olhei guardar suas coisas.

– Tá legal. Vou nessa. Diga a ela que voltarei amanhã para pegar mais coisas. – Ele andou até a porta, com uma caixa debaixo de cada braço, Lou esperando num carro estacionado na rua. – E diga a ela que está tudo bem. É normal, só isso. As pessoas saem de casa o tempo todo.

Ele fechou a porta com o pé esquerdo em gancho. Ia entrar num mundo do qual ele jamais quis fazer parte. Tinha começado seu avanço com o plano de marcar uma superfície que uma vez ele me disse que não se curvaria.

A casa parecia dormente. Eu ouvia a mecânica surda do relógio na parede. Ouvia as bolhas pop pop pop na lata de Coca-Cola que Mal deixou na mesa de cabeceira, e a silenciei bebendo o que restava dela de um gole só.

35

Mamãe chegou tarde. Sua chave fez barulho na porta, a bolsa foi pendurada no cabide que servia para chapéus, mas nunca foi usado para isso. Em um movimento habilidoso, tirou os sapatos sem salto dos calcanhares com o outro pé até que se estatelaram no chão, e os enxotou com o dedão do pé para seu esconderijo como se eles fossem camundongos. Antes de tocarem o chão, seus pés já estavam em chinelos novos. Ela se arrastou para a cozinha. Na luz trêmula, encheu a cafeteira com água e a ligou, o acorde de abertura para uma peça que conhecia bem, de novo executada pela orquestra da cozinha que ela regia. Estalos, assovios e bipes. O tump de latas em lixeiras e o clac clac de uma tábua de corte lutando com uma faca.

Fiquei sentado em silêncio na sala.

Uma omelete para dois, cogumelos, ligeiramente salgados. Eu pretendia trazer carne para ela.

– Ele foi embora – eu disse.

– Eu sei – disse ela.

Naquela noite, na cama, eu a ouvi chorar enquanto ela dobrava suas roupas com um cuidado meticuloso e as colocava para dormir em uma gaveta funda de madeira. Eu a ouvi fechar. Dormi.

Umas três horas depois, havia peso em minha cama, a mão em meu ombro, um sussurro gentil de "Sou eu, não se preocupe". Uma parte escura apanhada pela luz que entrava pela janela deixou metade do rosto de minha mãe da cor da lua. Um camaleão noturno.

– Qual é o problema? – eu disse. A fala sonolenta, arrastada, cansada e confusa.

– Nenhum – sussurrou ela. Mas havia preocupação na voz que me escapulia. Se eu fosse Mal, ela teria ficado sentada ali a noite toda. Dormi de novo e ela saiu.

36

Dia Sete Mil Quatrocentos e Oitenta e Três.
Cambaleio pela casa num estupor melancólico que me impede de sentir a brisa da comoção diária que passa. Minha mãe corre entre o trailer e o quarto, as bandejas de comida balançando como a papada de um sabujo imenso e babão. Paro imóvel ao pé da escada de papai, ainda invicta. Fui um tolo até por tentar escalá-la, penso, com minhas pernas como estão.

Ela não percebe que estou esgaravatando o armário de roupas de cama, onde descubro meu troféu do dia de esportes, todos aqueles anos antes. Ele usa uma capa de teias de aranha e se aninha no leito úmido de cobertores antigos e brinquedos de criança. Por 10 minutos silenciosos, sou um arqueólogo de minha própria infância. Espano os ossos de dinossauro de tempos que não eram assim. Colo a cerâmica quebrada dos longos dias em que nossa família ficava junta e me pergunto como foi esmagada em tantos fragmentos mínimos a ponto de se tornar irreconhecível. Este seria, talvez, um trabalho para um arqueólogo melhor do que eu.

Ouço papai subindo ao sótão, as ferramentas de seu cinto de trabalho batendo furiosas nos quadris, clanc clanc. E enquanto pego no radiador meu macacão branco e imaculado do açougue e o violo com rugas cruéis e urgentes, vou até a janela.

Lou. Não imaginava isso.
Lou. Agora.
Lou. No gramado.
Dia Sete Mil Quatrocentos e Oitenta e Três, segundo o display na parede. Vejo Lou.

37

Ela está de pé no sol, com a mesma aparência. Ainda aquela alfinetada de luz nos olhos, seu pescoço fino de porcelana em um crescente perfeito, como as pernas curvas e decoradas de uma mesa de centro vitoriana. Lou é linda. Algumas pessoas são tão atraentes que olhar para elas nos faz sentir que a própria pele não lhe cabe direito, e Lou é assim. Ela tem cabelos louros que tombam em cachos e fiapos como se os lavasse no mar toda manhã, penteasse com as conchas mais finas e enxaguasse a espuma em uma piscina recém-formada entre as rochas. Ela parece uma sereia. Seus olhos são verde-menta, o nariz, reto e forte. No passado, antes de ela partir, eu a olhava todo dia e ainda achava novos segredos, novos detalhes nas formas que ela assumia.

Aceno, sem jeito e deselegante, inseguro. Ela retribui o aceno numa meia-lua suave e graciosa. Posso vê-la aos 12 anos de novo.

Olho o relógio para registrar a hora. Tudo em volta de mim é ruído, o ciclo interminável de ação repetitiva comum pelo qual se definiu nossa vida extraordinária. Mas ninguém parece ter percebido que ela está lá fora, certamente não Mal, cujo ronco recomeçou mais uma vez.

Mal. Às vezes, eu sonhava em ficar em cima dele, com os pés desaparecendo até os tornozelos em suas banhas, chlup chlup chlup enquanto ando como em areia movediça. Perdendo minhas botas em sua barriga, vadeando pelo pântano gorduroso, sendo puxado cada vez mais para o fundo de suas entranhas até que eu estaria, na altura da cintura, metade dentro dele, agarrando Lou pelo meio do corpo, tentando puxá-la para fora.

Mas ela está desaparecendo, e eu a puxo sem parar, transpiro e luto, mas é inútil, e logo ela se foi, devorada pela pele dele, perdida no charco de seu corpo grande e estagnado. E então é tarde demais também para mim, eu a sigo para dentro dele e nunca mais sou visto.

Ela ainda está lá e acena. Esta visão, ela me eleva e me faz oscilar por extremos de calor e frio. Sei então que ainda a amo. Sei então que isto está chegando a um fim.

Ela está de óculos de sol, grandes, cercando seus olhos de panda. Gesticula, a mão aberta virada de lado, corta corta corta. Para encontrá-la no açougue. Daqui a uma hora. Às 11 da noite. Depois de terminada a entrevista, é claro. E ela se vira e anda, pisando na amarração da barraca no gramado. Logo ela desapareceu, meu membro fantasma removido.

– Aonde você vai? Não pode ir a lugar nenhum. E a entrevista? – diz Mal enquanto luto para me curvar sobre minhas pernas enrijecidas em seu andaime cirúrgico e coloco os sapatos. A voz dele, lufadas fracas pelos pneus de banha que badalam em seu pescoço.

– Sair – digo.

– Você nunca sai – diz ele.

– Olha quem fala.

Nós dois rimos. Mas ainda não vou a lugar nenhum. Não perderia essa, a entrevista, a grande revelação, por nada nesse mundo.

Minha mãe está de quatro ao lado da cama, desembaraçando fios e tubos trançados da parte de trás das máquinas de Mal. Elas bipam num coro perpétuo. Lembram-me dos médicos, todos já vieram e já foram. Agora o assunto é sério.

Os trechos esticados de pelos no enorme peito de Mal estão ficando prateados. Presos entre eles estão os fragmentos tostados de salsicha bem cozida e bocados esponjosos e esfarelados do bolo da noite passada. Red Ted precisaria cavar por um bom tempo para achar os ossos de Mal. Meter uma pá com um golpe violento por aquela camada suja e fina de pele. Forçar a pá com

o pé pelos tendões e a carne. Levantar, baixar e cavar, colhendo os tubos de gordura de um branco-larva. E cavar e cavar e cavar até ouvir o tinido de sua pá no esqueleto, o tesouro, tudo o que estava ali no início. Uma jornada ao centro da Terra.
– Aonde? – diz ele.
– Aonde o quê?
Sei o quanto ele odeia quando entendo o que ele quer dizer, mas peço que defina mais claramente, odeia o esforço, odeia a energia que deve invocar para expandir o diafragma, erguer a caixa torácica e formar palavras.
– Aonde você vai?
Vou ver a Lou, penso.
– Sair. Depois de sua entrevista, vou sair – digo.
Ele torce o cotovelo gorducho do nariz e franze os lábios. A testa brilhante e suada ondula de frustração.
– Com as suas pernas? – diz ele.
– Sim, com as minhas pernas. Não posso sair sem elas.
Olho as paredes e o chão, e penso em quanto tempo estive aqui. Olho o display na parede, o cristal líquido brilhando um verde vivo, iluminando o umbigo cavernoso de Mal (agora estendido às proporções de uma travessa média). Olho a pilha imensa e esfarrapada de recortes de jornais formando uma escada de papel na parede. Olho minha cama mínima enfiada no outro canto. Ouço papai pelo teto, martelando, clinc clinc, arrastando um novo aparelho pesado pelo chão onde abre buracos. As folhas empoeiradas do papel de parede agonizantes e caindo, o outono da decoração. Os sacos e mais sacos de correspondência de toda parte do mundo. As fraldas para adultos. Os pratos sujos, sujos.
Calço o outro sapato, passando habilidosamente os cadarços como espaguete pelos buracos do couro. Mas é cedo para mim, muito cedo. Então me sento de novo na cama e vejo minha mãe ajudar Mal a chupar colherada depois de colherada. Um fio reluzente de saliva cria um feixe de atração entre suas gengivas e o talher. Sua deglutição expele um ronco grave, como uma vaca velha batendo no chão, esperando pela chuva uma última vez.

38

Nas memórias de seus tijolos, as casas têm a capacidade de voltar ao normal. De suportar a morte e a perda. De voltar a uma forma como uma mola ou esponja. Um poder inato de sobreviver até à maior erosão. É o que tem nossa casa, e quando Mal, com seu coração batendo e a mente vibrante, foi embora, ela não adernou e morreu, como seria adequado fazer. Em vez disso, ela se regenerou, como o corpo humano faz com seu fígado.

Mal vinha de visita, como prometera, o que sempre lançava o feitiço de um sorriso cheio de dentes na cara de minha mãe. Eles se sentavam e conversavam por horas, ela querendo saber se ele estava bem, ele mantendo-a atualizada sobre o correr da vida.

– Arrumei emprego num escritório – disse ele. – É chato, mas basta ficar de cabeça baixa, e as promoções vão aparecer muito rápido.

Um corte de cabelo moderno se esgueirou a suas costas e se fixou em sua cabeça. Em certas ocasiões, passava por ele a caminho do trabalho, eu de bicicleta, ele no carro de Lou. Uma gravata cercando o pescoço imenso, o botão de cima forçando o pomo de adão ainda mais para o alto do pescoço, como um espartilho em um peito farto.

Ele parecia uma edição em preto e branco de Mal, uma versão oficial. Sancionado pelo governo. Cem por cento aprovado. Na escada. Subindo. Verificando listagens. De nove às cinco. Almoços de sexta bebendo. Contracheque, matemática. As contas primeiro, a diversão depois. Morrer agora, pagar depois. Chegar em casa, sentindo-se cansado, planejar o jantar da semana seguinte, ir para a cama. Esperar pelo fim de semana, superloja de bricolagem, limpar a casa, o medo de sentir, o despertador de segunda de manhã berrando. Supermercado, supermercado. Tentar economizar, se puder. Férias de verão ou aquecedor quebrado.

    Mas Lou. Ele tinha Lou. Aos poucos, ela começava a visitar de novo, com Mal, em cada ocasião fazendo um pouco mais para derreter o gelo que tinha se acumulado. Minha mãe fazia o máximo para fingir que nunca foi problema, que ela sempre ficou perfeitamente feliz por Mal ir embora. Ela vagava por seus dias, aparentemente intocada pela notícia, sem se perturbar com o que acontecesse a sua volta. Servindo jantares imensos e complicados para mim e papai, feliz ao ver que comíamos, mas o tempo todo cada vez mais retraída, à medida que o mundo que criou aos poucos a deixava para trás.

    Papai, ainda mais calado, passava períodos cada vez mais longos viajando a trabalho. Ao voltar, ele subia ao sótão, construindo e fabricando, mas calado o tempo todo.

    A cola onde Mal estivera tinha secado e lascava, desintegrava-se.

    Parecia que eu era o único participante da vida da família. Ainda morava na casa e, com medo de deixar mamãe sozinha, comecei a formar sozinho minha própria parte da vida adulta. Quanto mais Sal Bay vinha para ficar, o que ela nunca fazia à noite, mas quando mamãe trabalhava até tarde, menos eu imaginava que ela era Lou quando nos deitávamos juntos na cama. Não mais desajeitadamente, mas amorosa e ternamente. De um jeito normal.

    Em troca pela ajuda no crescimento dos negócios para nosso chefe artrítico, Red Ted me dava uma quantidade mínima de aborrecimento e me deixava trabalhar no horário que me fosse adequado. De vez em quando, digamos, depois de um dia duro puxando os músculos de pernas de peru, com as garras ainda presas, preparando-nos para o movimento de Natal, íamos à cidade e bebíamos juntos. Às vezes, Mal aparecia também. A vida girava com um ímpeto constante. E embora pensasse em Lou, eu estava feliz. Assim como sabia no fundo, nos ossos e nas fibras de meu ser da infância quando Mal estava prestes a transformar um dia comum em outro extraordinário, eu sabia que isso sempre aconteceria. E isso abalaria este barco estável, este barco tedioso e estável, até que todos cairíamos dele. Esta vida de marinheiro não era para nós. Eu não sabia se me importava de me afogar. Talvez já estivesse me afogando. Só oscilando na água, esperando pelos botes salva-vidas que seriam jogados pelo que Mal viesse a fazer. Sabia que, se para mim era a coceira maçante da conformidade, para Mal era uma agonia que ele não podia deixar persistir. Só estávamos esperando que a necessidade de coçar se tornasse grande demais para ser suportada.

Eu estava feliz em esperar, na carne, no tédio e no desejo por Lou. A foto mais pesada ainda não havia sido tirada.

39

Um dia eu estava batendo os dedos no radiador como um xilofone de costelas de latão. Seu metal frio vibrava, deixando pender melodias robóticas no ar. Minha mãe limpava, raras vezes se erguendo da névoa de spray de polimento, e só para perguntar-se em voz alta do paradeiro de papai, que só fora à loja Ellis e agora devia estar em casa com mais flanelas. A que ela segurava ficava cada vez mais molhada, mole e coberta de faixas de sujeira preta e cabelo. Ela mal fazia pressão, só passava de um lado a outro da cornija da lareira.

Eu olhava tão atentamente as partículas de spray que perturbavam o ar com uma batalha aérea minúscula que, quando o telefone tocou, foi como um estardalhaço. Atendi.

– Calce os sapatos – disse Mal. – Vamos sair de férias.

Ele desligou e só pude ouvir o ronronar telefônico de uma conversa encerrada, e só o que pude sentir foi pressa.

O carro velho e azul de Lou aproximou-se do meio-fio, desenhado com grandes arranhões prateados que corriam em ziguezague como se tivessem sido colocados ali pela espada de ponta fina de um toureiro exibido. Mal estava no banco do carona, o cabelo arrumado agora em desalinho, arreganhando os dentes como um chimpanzé excitado. Estava com o casaco de Lou, um pedaço grande de tecido roxo com três nacos de botões dourados no alto. Eu queria poder esconder bilhetes nos bolsos dela. Subi ao banco traseiro, metendo minha bolsa a meus pés. Lou sorriu e me deu um beijo no rosto. Sua mão pousou na coxa de Mal e, quando ele falou, ela apertou.

– Aonde vamos? – perguntei.

– Para o mar – disse ele.

O carro velho tossiu, ganhando relutantemente a rua com uma trilha espectral de fumaça a suas costas. Passamos por papai no final da rua. Buzinamos e acenamos. Bati nas janelas até que o vidro sacudiu e a borracha em volta dele se afrouxou. Mas ele não percebeu. Seu queixo quase tocava o volante. Os pensamentos não estavam na rua.

– Então conte – eu disse a Mal enquanto ganhávamos velocidade. – O que está havendo?

Podia sentir todas as lombadas e solavancos da rua reunidos em meu traseiro, as molas que se soltavam do banco cravando pregos na carne de minha panturrilha.

– Fiquei sentado no escritório atendendo ao telefone a semana toda. Um babaca vendendo uma merda que não conhece a idiotas que não têm a menor noção. Lou ficou contando o dinheiro dos outros atrás de um balcão de banco, e você sem dúvida esteve metendo os dedos pelas entranhas de uma vaca. – Lou sorriu. – Não vou passar os dois dias de folga que tenho por semana ansiando pelos cinco que virão depois, vou? Então pensei que a gente devia sair por um tempo. Ir a um lugar novo. Ver o que podemos descobrir. Ver o que há para descobrir – disse Mal.

– Tomar um porre na praia? – disse Lou.

– Sim. Para começar.

Pelo para-brisa, o sol cozinhava os pelos macios de nossos braços. Ela ficou com a mão na coxa dele. Ele afagava sua nuca. Mesmo na estrada e durante as entradas e saídas em alta velocidade, o barulho e o assovio.

Quando chegamos, estacionamos perto da rampa usada pelos barcos salva-vidas para entrar na água. Um grandalhão e seu amigo tentavam vender relógios baratos da mala de seu carro, nos viram sair e chamaram Lou. Ela atendeu, não por estar intrigada, mas por educação, e avaliou a gama de quinquilharias que ele exibia em um pequeno tapete. Havia prateados e dourados opacos, como uma coleção de ouropéis, sem valor e berrante. Eu a segui; um barômetro sensível para o despropósito me impeliu a isso.

– Gostou de alguma coisa, querida? – disse ele. Sua cabeça era disforme, mas de veias inchadas. Tudo nele, exceto os lábios finos e rosados, parecia brutal.

– Não, obrigada – disse Lou.

Ele segurou-lhe o braço pouco acima do pulso dela. Eu estava enraizado.

– Vamos lá – disse ele. – Vou lhe fazer um precinho de namorado.

O amigo dele atrás andou furtivamente. Ele riu na deixa, mas não percebeu isso, e por trás de seus olhos ele era repleto. Meus dedos mexiam em minhas mãos. Olhei para Mal, mas ele fora procurar uma máquina para comprar um tíquete de estacionamento. Olhei para Lou e ele ainda segurava o braço dela. Não como Mal segurava. Ela estava rígida da luta, como se ele pudesse bater nela, e os olhos de Lou se arregalaram convidando-me a entrar, mas eu estava impotente, e tudo era rápido demais.

– Não. Obrigada – disse ela.

Ela puxou o braço e encarou. E ele fez o mesmo, mas com muito mais força. Porque ele achava que era um homem, e porque achava que aqueles que tinha diante dos olhos não eram. Eu não estava nos olhos dele. Nunca estaria nos olhos dele. A raiva obstruía minha garganta.

– Vamos lá – disse ele.

Seu rosto estava junto do dela, a cabeça quadrada, maciça, duas vezes o tamanho da de Lou. Vi sua respiração atingir a pele dela, refratando-se no calor do dia. Vi mísseis de saliva lançados de sua boca, caindo nas pálpebras bem fechadas dela, firmes como um clipe de papel.

– Pelo menos me dê um sorriso, coisa linda.

Eu ardia de fúria ao ver Lou ofendida. Uma névoa caíra em mim e era densa. Ouvi o amigo dele rir de novo.

– Ou um beijo.

Ele também fechou os olhos e franziu os lábios, e eu puxei uma mola com toda a força que consegui invocar, cerrei os dedos e recuei o braço, pronto para descarregar.

E então Mal, com o casaco roxo de Lou pendurado como uma capa no pescoço, o cabelo uma onda feroz e escurecida, os sapatos descasados, saiu brandamente da tarde como se estivesse ali o tempo todo, parte do carro ou só do dia. Levou uma perna para trás até assumir a forma de um arco, curvou-se e atingiu em cheio na boca do bandido com um golpe rápido e curto. E ele era o homem, ele, sem a menor preocupação de como ele, um homem, devia se comportar. Antes que um dos dois, as cabeças como juntas, pudessem fazer alguma coisa, Mal pegou a aba do tapete da mala do carro e deu um puxão violento. Cem relógios malfeitos caíram no cimento e se espatifaram em lascas baratas.

Mal pegou Lou, e todos corremos para a praia. Eles nos perseguiram, mas nós os despistamos em sua confusão. Quando estávamos bem longe, paramos para tirar os sapatos rapidamente e os carregamos correndo, desta vez ainda mais rápido, até que eles sumiram. A uma distância segura, tendo o riso superado o medo, Mal largou a bolsa que carregava no ombro e nos sentamos para tomar fôlego, maravilhados e apaixonados.

40

Perto do mar, a brisa era uma algazarra. Já avançava lentamente para os restos da tarde e assim a praia, ou o pouco que havia dela, se esvaziava. Os que ficaram viram Mal dar um show criando um mosaico na areia com as toalhas que tinha trazido. Eu e Lou ficamos sentados no chão, rimos um pouco mais e nos aquecemos enterrando nossos pés.

Bebemos o vinho que Mal esconderá na mala do carro como surpresa e descansamos até que todo o céu ficou da cor e da textura de nuvens sem que nada as violasse em fragmentos flutuantes.

– Gosta disso? – perguntou Mal.

A cabeça de Lou estava em sua barriga.

– Do quê? – eu disse.

– Disto, do que estamos fazendo agora. Esta parte do meio.

– É claro que gosto... Mas parte do meio do quê?

– Da vida – disse ele. – Esta é a parte depois da época em que você não pode fazer nada sozinho e antes da época em que precisa fazer tudo pelos outros.

Ele afagava a cabeça de Lou. Ela fechou os olhos como se já tivesse ouvido isso, ou como se estivesse se lembrando de uma discussão, de uma troca de palavras.

– Adoro essa parte – disse ele.

– O que o faz pensar que precisa mudar? – disse Lou.

– Mas esperam por isso – respondeu ele – e terá de mudar. Talvez um dia perceba que tudo o que pensou que aconteceria, tudo o que prometeu, simplesmente não vai acontecer. E talvez, quando você perceber, talvez vá se acomodar. Talvez seja aí que você admita a derrota. Quando se torna um idiota horrível e pervertido vendendo bijuteria barata em seu carro num estacionamento. É quando você sabe que está na hora de erguer as mãos. Desistir. Seguir em frente. A vida acabou e é a vez de outra pessoa.

Ela se aquecia na voz dele, em seu toque e no modo como ele pensava.

– Muito bem... Estou bebendo areia aqui. – Mal se levantou, e as últimas gotas de seu copo virado caíram em paraquedas no chão. – Vou pegar mais vinho. E chocolate. Guarde as toalhas.

– Que tipo de gente roubaria toalhas? – gritou Lou, a voz mordendo os calcanhares de Mal, que corria pela praia.

– Gente molhada – veio a resposta depois que não conseguimos mais distingui-lo na escuridão da noite. E houve silêncio por um segundo.

– Lou – sussurrei. – Nunca estive na praia.

Ela se sentou, reta e incrédula.

– Nunca?!

– Nunca. Quase fui, mas Mal aprontou e tivemos de voltar para casa.

Ela riu.

– Acha que ele está bem? – perguntou ela.

Eu me esquivei.

– Ele vai ficar bem. Só foi pegar mais vinho.

– Não – disse ela. – De modo geral, acha que ele está bem?

– Claro que sim. Por que não estaria?

– Ele está indócil.

– Ele sempre é indócil.

– Mas no trabalho, e em casa. Acho que ele não está feliz.

– Não se preocupe – eu disse. – Mal sempre foi assim.

Imaginei a cabeça dela em minha barriga, eu por baixo dela com os braços cruzados na nuca e o céu acima de nós escurecendo até dormirmos ali mesmo na areia. E nós indo para casa juntos quando acordamos. Fez-se mais silêncio e vi em seu rosto os zumbidos internos de seu processo de decisão, se ela devia ou não me contar o que abria e fechava os portões de seu pensamento. Depois ela abriu a boca para falar. Imaginei um silvo, a lâmpada de desenho animado de uma nova ideia.

– Ontem à noite – disse ela, um segundo, depois outro –, eu disse a ele – mais um, e ainda outro – que queria ter um filho. Fiquei imensamente consciente do peso de meu próprio corpo, afundando.

– Ah – eu disse.

– Ele não disse nada. Não respondeu realmente. Tirou toda a roupa e subiu na cama. Imaginei que era isto o que aconteceria, que um dia teríamos um filho. É só o que você faz, não é? E quando ele acordou de manhã, estava diferente. Como quando era mais novo. Insistiu que a gente fizesse isso. Nem mencionou o que eu disse ontem. Era como se simplesmente estivesse regredindo.

O mar sibilou. A espuma chiou na praia.

– Ele falou com você sobre isso?

– Não. – Sacudi a cabeça. – Ele nunca fala realmente comigo.

Levantei os pés para que a areia caísse em cascatas de cócegas pelos espaços entre meus dedos. Lou bebeu o restante do vinho do copo de plástico em sua mão pequena.

41

Quando Mal voltou com um saco plástico tinindo de vidro colorido debaixo do braço, fiz o que pude para dar a impressão de que eu e Lou só tínhamos falado das ondas quebrando no mar em que nunca entrei. A escuridão caía como um travesseiro na nossa cara e, apesar de sabermos que ela viria, ficamos surpresos com a rapidez com que chegou.

– Você ficou algum tempo longe – disse Lou.

– Parei um pouco no carro – disse Mal.

Ficamos sentados e bebemos, a conversa adejando alegremente pelos assuntos, uma mariposa inconstante entre lâmpadas. Houve sorrisos e risos, até que eram três da manhã, quando ainda não fazia frio. O vento também era calmo. Começamos a oscilar enquanto o sono nos pegava, e com uma toalha na cara para proteger os olhos da emulsão do luar, Lou adormeceu na areia.

– Então é isso – disse Mal. Senti que ele ia continuar, senti que tinha algo a dizer e que falaria assim que tivesse servido as últimas gotas de vinho da garrafa em seu copo. Pela primeira vez hoje ele não sorria. – De volta ao trabalho.

– Não é assim tão ruim – eu disse.

– Mas também não é assim tão bom, é? – disse ele. – Não é o que se lê nos livros infantis. Você não é o astronauta, nem o explorador. Tudo isso... Contas, filhos, casamento. Não são tão bons. Que recordações deixam uma existência medíocre?

Só percebi que dormi quando o sol nasceu e bateu os dedos quentes por minhas pálpebras, massageando meus globos oculares até meu despertar. Lou e Mal estavam sentados ali, espreguiçando-se, emergindo. O cabelo de Lou era grosso de areia. E ainda não havia ninguém por perto. Era cedo. Enchemos nossas bolsas com as toalhas e garrafas e andamos devagar, em silêncio, de volta ao carro. Imaginei que voltávamos para uma recepção militar de um grande navio no mar. Um milhão de pessoas aplaudindo junto às paredes das docas com bandeiras, flâmulas e beijos quando atracamos. Eu ainda estava nesse devaneio ao subir no carro e mal percebi o pequeno guincho que fora estacionado para retirar o carro do bandido dos relógios, que repousavam na água rasa ao final da rampa salva-vidas, tendo cessado todo o tique-taque de fundo.

42

Em lugar de toda a capacidade de recordação que tinha nossa casa, a de Mal e Lou não tinha nenhuma. Quando eles saíam, era como se nunca tivessem estado ali, as paredes nunca os ouviram falar, surdas. Esta era a praga do jovem casal moderno. A mesa que todos os outros tinham. As cadeiras que vinham com ela. A coleção de fotos reluzentes nas paredes de casais que eles não conheciam em lugares onde nunca estiveram. Mobília de iniciante.

Sentamos à mesa de iniciantes bebendo vinho barato em copos de iniciantes. Lou tinha saído, para um treinamento do trabalho como parte de uma equipe no banco. Não convidei Sal para ir a casa de Mal. Eu a veria depois. Ela começara a falar de termos nossa casa juntos. Era uma impossibilidade, a não ser que pudesse ser paga com carne moída. Além disso, o desejo não estava presente, a chama era baixa. Eu brincava com o jeito correto de decepcioná-la uma última vez. Talvez esta noite.

Apesar do ganho de peso na barriga, Mal estava descarnado. Seu rosto afundava em redes escuras pelos ossos, e assim, se chovesse, era possível deitá-lo e acumular água ali. Em volta dele, havia pilhas de roupas para passar. A geladeira era toda ímãs e contas. Um título de eleitor estava pendurado entre elas para uma data que já tinha vindo e passado. O chão estava tomado de embalagens de fast-food e sapatos espalhados. Era noite de sexta-feira, vigésimo quinto aniversário de Mal. Depois do trabalho, ele tirou a camisa amarrotada e suja de dentro da calça e afrouxou parcialmente a horrenda gravata xadrez.

O calendário pendurado no quadro de avisos gasto da cozinha exibia 12 gatos fofinhos. Um brincava com uma bola de lã. Um espiava da borda de um cesto de palha. Outro dormia ao lado de um cachorrinho. Cada mês era marcado pela mão cuidadosa de Lou, uma matriz complicada de sinais e cruzes.

– Está tentando ter um filho, Mal? – eu disse, trazendo-o para fora.

– Se for menina, vamos chamar de "Baby Mal".

Ele estava sorumbático. Fomos a pé para casa, a minha casa, para sua festa de aniversário, onde mamãe passou o dia soprando balões com todo o ar de seus pulmões, e papai cochilou tranquilamente na poltrona aos silvos e estalos de um velho toca-discos que encontrou em uma caçamba e consertou. Uma compilação dos maiores sucessos de Glenn Miller tocava baixo, repetidas vezes, em ciclos.

– Qual é o problema? – perguntei.

A noite era fria e, embora tivesse acabado de escurecer, os muros e as estacas das cercas brilhavam de uma geada precoce. Meu hálito quente escrevia minhas palavras em névoa congelada.

– Papai já contou a história dele a você? – perguntou.

– Qual?

– De TauTona. Sobre a mina e o acidente.

Eu não tinha noção de que Mal também sabia. Nunca conversamos sobre isso, o que era estranho, mas também nunca conversamos sobre papai. Ele era à prova de conversas.

– Já – eu disse. Fingi virilidade, sem saber por quê.

– Das fotos. Das coisas que você deixa para trás.

– Já.

– Bom...

Ele parou. Ficamos de pé ali, os dois com as mãos nos bolsos, só a dor de agulhada do vento gélido nas minhas orelhas.

– E se você soubesse agora que não vai deixar nada para trás? Que não pode deixar nada para trás. Que ninguém vai se lembrar de você e ninguém terá nada para se lembrar de você. Que você na realidade é só alguém que esteve aqui, e só isso.

– Está sendo idiota – eu disse. – O que quer dizer?

Ele não levantou a cabeça. Nem eu. Olhamos nossos pés perto da base amarela de um poste vandalizado. Um respirar fundo. Não foi um suspiro, mas quase isso.

– De certo modo, penso... – disse ele, e desta vez foi mais ritmado, mais refletido. – Que sentido tem?

Fiquei paralisado. Minha língua rígida demais para produzir as vibrações e formas que compunham os sons que eu precisava dizer. *Por favor, Malcolm, cale a boca.* A água que escorria de nossos olhos no vento era aquecida demais por nossa pele para se transformar em gelo no rosto. E então levantei os dedos, dois deles, em forma de revólver, para a boca de Mal, para impedi-lo de falar mais. Fomos para casa sob o guarda-chuva de seu braço em meu ombro, e ele parecia maior do que nunca.

Mais tarde, estávamos sentados na escada da frente da casa. A festa de aniversário de 25 anos dele. Minha mãe carregava grandes bandejas de prata com petiscos por cima de nossas cabeças, empoleiradas nas pontas curvas de seus dedos longos e frágeis, como eu vira os garçons fazerem em hotéis de luxo pela TV. Papai remexia numa pilha de discos de vinil que comprara em um sebo, na esperança de que as pessoas que dançavam na sala de estar não parassem todas ao mesmo tempo. Red Ted, Sal, Chris, os amigos chatos do trabalho de Mal, os caras com quem papai saía para pescar, agitando os braços e esperneando. Estranhos falando a língua internacional dos bêbados. Mas ninguém estava mais bêbado do que eu e Mal.

– Você não vê?

A respiração de Mal era quente e nublada em minha orelha, uma neblina de birita. Meus olhos se toldaram e clarearam, rolando por minha cabeça, projeções distorcidas.

– Você não vê?

– Não, não consigo.

– Bom, eu consigo – disse ele. – E a questão é essa. Se você não pode fazer o que quer, por que fazer alguma coisa?

Ele estava a centímetros de minha orelha, gritando no meu crânio. Pousava e vacilava em meu joelho. A Sra. Gee, a vizinha, batia um ritmo "baixe o som" pelo reboco fino. Ninguém podia ouvir. Era louvável que seus velhos ossos conseguissem a força para bater na parede. Ela teria se saído melhor se não batesse no ritmo da música. Mal apontava, mas eu não conseguia focalizar; meus olhos tinham abandonado o posto. Eu tinha um cigarro mole na boca, mas acendia o queixo. Ele ainda falava, eu tinha certeza, mas era só ruído e tentei me concentrar até que aos poucos se aguçou, mudou e começou a fazer sentido. Eu nem mesmo estava fumando:

– NMMMMMMMMmmmmmmmmddddddd trabaaaaaaaaaaaa em...
– Hein?
– Para onde foi o cigarro?
– O quê?
– Você estava ouvindo?
– Estava.

E eu queria poder entender.

– Trabalho numa cadeira. Luto num jogo de computador. Quando voto, nada muda. O que ganho não pode comprar nada. Talvez meu propósito seja dar propósito aos outros.

Sempre foi meio assim, pensei, mas eu não conseguia verbalizar a ideia.

– O quê?

Caí de costas, até que minha cabeça tonta pousou numa pilha de sapatos reluzentes de estranhos.

Dando um giro. Copo de água. Sally me beijando na testa. Olhares fugazes de paisagens que eu mal reconhecia na longa estrada de volta à sobriedade.

Era mais tarde. A casa estava vazia. A música tinha parado. Eu estava no sofá e ele me abraçava, ainda vestido, sem saber se o telefone começara a tocar ou se estava tocando havia horas. Atendi:

– Alô.

Minha mão estava dormente porque eu dormira em cima dela, a baba tinha escorrido pela bola do polegar como um enfeite indiano.

– Alô... Malcolm? Malcolm?

Lou, sua voz era um projétil com uma urgência que eu queria que fosse para mim.

– Não. Sou eu. Lou? Mal está na cama. Acho que está na cama. Que horas são?

– Pode chamá-lo para mim, por favor?

– Ele está dormindo. É aniversário dele – eu disse.

A semiobjetividade do súbito despertar dos bêbados.

– Eu sei. Pode buscá-lo? Preciso falar com ele. É urgente!

A nova sinceridade que antes estava ali eu agora ouvia pela primeira vez, mas eu estava bêbado e nada disso importava.

– Tudo bem.

Levantando-me lentamente, segurei meu cinto e o girei noventa graus na cintura, um relógio de sol pesado, até que meu jeans não torcesse mais a pele de minhas pernas. Com um leve empurrão, abri a porta de nosso quarto e encontrei Mal dormindo na cama, nu, o lençol de linho branco jogado sobre ele. Parecia heroico, ainda que brevemente. Na poltrona ao lado da cama estava mamãe, com a mão pousada na dele e a cabeça jogada para trás, adormecida, a conversa que tiveram vagando por ali no ar frio da noite.

Minha vista rodou, girou e me jogou, bêbado. Caí de cara em minha própria cama e dormi de pronto, sem me importar com as roupas, as janelas abertas, a voz repetindo as palavras "Alô? Alô? Alô?" pelo fone no braço do sofá, mas sem saber que as coisas estavam prestes a mudar.

Sonhei com Lou de novo.

43

No final da manhã, minha mãe já acordara Mal, mas ele ainda não saíra para tomar o café. Ela raciocinou que ele devia estar de ressaca, ao contrário de mim, que, embora tivesse 23 anos, ainda me lavava naquele período de graça maravilhoso que a vida nos dá sempre que a manhã depois da noite anterior é pouco diferente da manhã da noite anterior a esta. Mas já vi as ressacas de Red Ted. Que agonia lenta. Aqueles ossos cansados, a disposição corroída, cães fantasmas. Eu me solidarizava. E foi por isso que não protestei quando minha mãe, enquanto Lou ligava de novo naquela manhã, explicou que Mal estava dormindo e rapidamente tirou o fone do gancho. Ainda embriagado, não achei nada demais.

Esperamos até o início da tarde. O presente de Mal, embrulhado com esplendor em papel dourado e com uma fita vermelha brilhante do tamanho de uma crina de cavalo, dormitava no chão, no meio da sala. Quase não resistia ao impulso de desembrulhar eu mesmo enquanto o sol ricocheteava por ele, mas consegui deixar de lado. E então o presente de Mal, e o fato de que estava embrulhado, tornou-se uma questão menor.

– Ele disse que não vai se levantar – disse papai.
– Até quando? – perguntei.
– Nunca.
– Nunca?
– Nunca.
– Nunca?

Mamãe levou nossas palavras ao entrar no quarto de Mal, onde ficou por mais de vinte minutos, antes de, por ordem de papai, eu por fim entrar também. Levei o presente de Mal debaixo do braço, mas minha mente não estava mais no que havia dentro dele. Ela se ajoelhou ao lado da cama, pegando as mãos dele, como fizera na noite anterior, quando os encontrei. Malcolm me encarou. Ainda estava pelado, a colcha chutada para fora e torcida como uma trança branca e frouxa a seus pés. Era como se Mal de repente tivesse alijado todas as coisas com o puxão rápido de uma alavanca.

– Levante-se – eu disse. – Você precisa se levantar.
– Por quê? – perguntou ele, reservado, calmo. De exasperar.
– A Lou volta hoje.
– Agora não há nada – disse Mal – que eu possa fazer a respeito disso.

44

Dia Quatro.
Mal nunca pedia nada, confiante, como sempre, de que tudo simplesmente viria. Ficava deitado em silêncio, vendo televisão, esperando por alguma coisa e por nada.

Na cozinha, na noite anterior, mamãe e papai tiveram a maior discussão que já entreouvi. Meu pai, seu sótão, seu trabalho, sua pescaria. Mamãe, a limpeza, a cozinha e Mal. Tudo história nascida de conflito.

– Pare de cozinhar para ele, de fazer cada vontade, e ele vai ter de sair da cama. Não entende? – dizia papai. Nem por um segundo ele considerou que isto realmente podia acontecer.

– Ele não pode passar fome – disse mamãe, com um tom poderoso na voz.

– Ele não vai passar fome!

– Ele é meu filho e vou cuidar dele no que ele precisar.

– Você é uma merda de mártir, isto sim!

– Vá para seu sótão. Não se preocupe com mais nada.

Na manhã seguinte, pedi a Mal que parasse. Que saísse da cama e tocasse a vida. Lembrei-o do apartamento dele. De seu emprego. De Lou. Implorei a ele. Mas tinha começado. Definitivamente começara. Eu realmente esperava que o interesse dele murchasse e morresse como uma semente plantada em terreno estranho.

– Levante-se.

– Não.

Espicaçado, peguei-o pelo tornozelo e com um forte puxão tirei seu corpo musculoso e nu da cama para o chão a meus pés. Minhas mãos se abriram, e bati nele, arranhei seu rosto, a cabeça e o pescoço, enquanto ele se enrolava em posição fetal nas minhas pernas. Golpeei seu peito com os calcanhares, beliscando a carne teimosa entre os sapatos e o chão. Exasperado, deixei uma marca vermelha da mão em suas costelas, no corte acima do olho. Nesse instante, senti que o reduzia à metade do tamanho a pancadas. Soquei com uma força cada vez maior no peito, tud tud tud, e caí de joelhos, vazio e sem fôlego.

Papai entrou correndo e só faltou arrancar a porta das dobradiças. Deitou as duas mãos enormes em meus ombros e me ergueu, colocando-me fora do alcance de Mal. Mal voltou devagar para a cama e puxou a coberta sobre a cara cortada e inchada.

Empurrando-me para a cozinha, papai passou meus dedos feridos sob a água fria da torneira. Não precisou falar.

Passaram-se horas antes que eu colocasse a cabeça, inseguro, pela porta do quarto.

– Oi – disse ele, com certa surpresa, a vontade de um irmão de perdoar o outro.

A carne que emoldurava a órbita de seu olho direito tinha inchado e escurecido, o peito nu estava pontilhado de cortes vermelhos fundos e as estrelas mínimas de sangue seco, acumulado depois que o cortei com o calcanhar de meu sapato. Ele parecia completamente desconcertado com a briga ou com as discussões, mas o que mais me frustrava era que ele ignorava todas as tentativas de comunicação de Lou. Ela chamava na porta mais de três vezes por dia, alertando-nos sempre com o mesmo ratatatá. Papai sempre estaria no sótão, que retinia de ferramentas largadas, o som hipnótico de parafusos frouxos espiralando pelas frágeis tábuas de madeira do piso.

Minha mãe estaria fazendo ruídos semelhantes na cozinha, batendo panelas e frigideiras, culpando-as por um bolo queimado ou um molho branco salgado demais. Eu imaginava que, quando ela não estava ali, todas as panelas ganhavam vida, as alças e encaixes formando olhos, narizes e bocas de bordas lisas como num filme da Disney. Imaginava que todas se reuniam em volta do fogão velho, sábio e falante, e se queixavam do quanto mourejavam.

Cabia a mim atender Lou à porta. Não me importava. Ela chorava, eu a abraçava. Ela pedia para ver Mal. Eu a informava de que ele não queria visitas e pedia desculpas sem parar. Minha mãe trancava a porta do quarto com o pequeno ferrolho que pedira a papai para instalar. Eu tinha as palavras *Vamos fugir juntos* presas nas papilas do fundo de minha língua.

Passada uma semana, ele ainda não mudara de ideia.

Estávamos jogando xadrez. Mal deitado nu embaixo de um lençol de algodão branco, jogado sobre ele com tal perfeição que de longe ele parecia um pilar caído esfarelando-se em um anfiteatro antigo e perdido. Puxei uma cadeira para sua cama e a virei de modo que minhas pernas se abriram pelas costas, dos dois lados. Graças à recusa de Mal a respeitar as regras seculares de um jogo, o nível de concentração exigido quando eu jogava xadrez com ele era da intensidade de um pouso de módulo lunar.

– Sua vez – disse Mal.

– Tudo bem – eu disse, olhando o tabuleiro, depois para ele. Eu não representava ameaça nenhuma.

– E se ela vier, não posso vê-la.

– Vai me dizer o que está fazendo? – perguntei.

Ele não respondeu.

Lou acabou chegando novamente. Seus olhos eram aranhas tropicais, anéis vermelhos com pernas pretas e finas.

– Por quê? – perguntou ela.

Eu disse que não sabia.

– Eu o amo – disse ela, depois chorou.

Cada grama que restava do que estava dentro de mim se espremeu numa bola de borracha por dentro e quicou por meu corpo.

Observei Lou sair, voltar a seu pai. O mesmo fez mamãe, por uma fresta na cortina.

45

Em um ano, nossa vida mudou imensuravelmente. Neste breve período, Mal tinha se tornado nosso sol, nossa vida em sua órbita. As elipses que éramos obrigados a descrever em volta dele ficavam cada vez menores, pressionados como éramos cada vez mais para dentro.

Era o início da tarde e eu tentava ver TV, atacado pelo estalo de tesoura no quarto. Minha mãe cortava o cabelo de Mal. Ele não expressou o desejo de nenhum estilo determinado, nem mesmo de ter o cabelo cortado, e assim mamãe tentou o corte texturizado, curto e espigado que era costumeiro, e chegou a ele mais por acidente. Levantei-me para pedir que fizessem mais silêncio. Enquanto passava pela porta, pelo canto dos olhos eu a vi pegar uma tesoura menor na bolsa e começar com as unhas dos pés. Os dedos dos pés dele, massas pendulares de um troll.

– Pelo amor de Deus, mãe, precisa fazer isso agora? – eu disse.

– Se não gosta, vá para outro lugar – disse ela.

Outro lugar. Este também era o meu quarto. Eu não precisava dizer isso. Mal reprimiu uma risadinha. Bati o controle remoto jocosamente no joelho dele e tive esperanças de ter doído.

Na época, eu só notava sua nudez intermitentemente. Ele estava sempre nu e sempre ficava ali, mas até papai parecia à vontade com isso, de certo modo. Aquelas pernas brancas e desengonçadas penduradas da beira do colchão agora faziam parte do quarto, como o papel de parede. Entendi como os filhos de pais nudistas que vemos nos talkshows diurnos quase pareciam fingir constrangimento. Era só um corpo, umas varetas de carne.

Houve uma batida na porta em um ritmo que não reconhecemos. Cada um de nós ficou paralisado, boquiaberto para o outro, como se alguém entre nós pudesse ser fisicamente ligado a quem estivesse de visita. Ninguém disse nada.

Mais uma batida. Desliguei a TV e passei por cima de mamãe, ajoelhada aos pés de Mal. Mal nem piscou. Espiei de trás da cortina no hall.

Outra batida, desta vez desnecessariamente mais forte e mais urgente, então abri a porta para pegá-los desprevenidos e ter algum prazer naquele primeiro grunhido de constrangimento que surgia quando o estranho à porta batia os nós dos dedos no vazio. Seu movimento o impeliu para frente, a sensação que se tem quando se pisa numa escada rolante quebrada e suas pernas esperam impelir você. A mão da visita parou a centímetros de minha cara. A etiqueta normal de recepção à porta tinha sido temporariamente revertida. Agora ele é que precisava dizer alguma coisa antes que toda a situação começasse a perder a normalidade.

– Olá – disse o homem.

Ele era flanqueado por um homem mais baixo, com um microfone em uma vara, e um homem muito mais alto com uma câmera no ombro esquerdo, cujos músculos eram visivelmente maiores do que os do ombro direito.

– Você é Malcolm Ede? – continuou ele.

Eu o reconheci do noticiário local da TV. Seu nome era Ray Darling. O cabelo era penteado com uma divisão reta de lado e uma precisão matemática, mas era evidente que ele não estava de peruca. Mal me devia cinco libras.

– Não, não sou.

– Então é o irmão de Malcolm Ede? – disse ele.

Era a primeira vez que ouvia esta pergunta desse jeito.

– Sim. Sim, sou.

Ele ergueu uma sobrancelha num ângulo reto, oferecendo-a a mim. Agora éramos amigos.

– Soubemos que Malcolm está envolvido em uma espécie de protesto, é verdade? – disse ele.

Protesto. Eu não pensava nisso desta maneira. Às vezes, perto de Malcolm, eu nem conseguia pensar.

– Não.
– Podemos entrar?
(Ele avança gentilmente.)
– Não.
– Seus pais estão aqui?
– Não.
– Sua mãe está.
(Ele muda de lado.)
– Como sabe disso?
– Então, o que é?
– O quê?
(Ele confunde você.)
– Soubemos que seu irmão se recusa a sair da cama.
– Não sei.
– O que ele está fazendo?
(Uma pergunta difícil, seguida por outra mais complicada...)
– Por favor...
– E, mais importante, por que ele está fazendo isso?
(... aí está ela.)
– Não sei, agora, por favor...
– Andam dizendo...
(Como na TV.)

Bato a porta com força. Através de sua espessura, ouço Ray Darling forçar seus colegas mudos a concordar que esta casa, a nossa casa, era cheia de "uma merda de gente esquisita". O mesmo Ray Darling que parece usar peruca mesmo quando não usa.

46

Havia uma guerra no noticiário da noite seguinte. Havia um jogo sexual mortal de um político. Havia uma greve nos bombeiros. Havia alguns torcedores de futebol magoados porque um time de sua região foi derrotado por um time de um lugar diferente. Havia uma mulher que era famosa, mas ninguém sabia por quê. Havia previsões sobre a umidade, um breve problema com o som e um surdo fazendo a linguagem de sinais com uma camisa apertada demais.

Depois veio um segmento no final.

– Malcolm Ede... – disse Ray Darling.

– Isto é sem dúvida nenhuma uma peruca – disse Mal.

Não era. Vi de perto. Ele me devia cinco libras. A cara de Ray Darling brilhava como uma enorme lanterna de abóbora.

– ... não sai da cama há um ano inteiro, segundo fontes locais. Mas ninguém na casa dos Ede comenta quais seriam os motivos dele. Acredita-se que ele não esteja doente.

Eles mostraram filmagens feitas a partir da cerca do jardim, minha mãe cortando as unhas dos pés de Mal na noite anterior. Ela parou de comer a refeição em seu colo. O sangue lhe sumiu.

– Mas que porra, meu Deus... – veio a voz do sótão. – Vocês viram isso?

Toda a casa parecia zumbir, como se a luz do sol estivesse concentrada em um ponto mínimo dela. Papai até desceu, embora temporariamente. Olhou para Mal, virou-se para mim e disse simplesmente: "Quem foi?"

Não foi Lou, eu disse a ele. Não tínhamos notícias dela havia meses. Tentei visitá-la em sua casa. O pai me disse que ela tinha ido embora, mas ainda senti o perfume dela na entrada da casa, mesmo com o cheiro dos cigarros dele.

– A Sra. Gee – resmungou mamãe com a faca e o garfo ainda equidistantes entre o prato e a boca. – A Sra. Gee.

A Sra. Gee sabia de nossa vida. A Sra. Gee adorava falar. Eu a imaginei vendo o noticiário, pensando *Se eu fosse da idade de Ray Darling*, com os quadris rangendo como um alçapão.

47

Dia Sete Mil Quatrocentos e Oitenta e Três, segundo o display na parede.

Estou sentado no canto, ainda brincando com os sapatos, sem pensar na dor ou no metal em minhas pernas, mas pensando em sair para encontrar Lou. Durante semanas, foi só a entrevista de Mal que ocupou o espaço confuso de meus pensamentos, mas agora ela havia atraído meus olhos para outro lugar.

Havia três mil ou mais pedidos da mídia. Todos eles entupiram a secretária eletrônica, cabelos num ralo. Com o passar dos anos, tornaram-se mais frequentes, inchando em proporção direta com a epiderme de Mal. As emissoras de TV de toda a Europa e da América cumulavam-nos com elogios e presentes, tentando garantir direitos exclusivos para sua matéria. Os representantes dos tabloides chegavam com seus olhos de lobo e malas de dinheiro em troca das palavras de Mal, mas meu pai os despachava com o sacudir de um dedo e um fechar da porta do trailer. Em resposta, eles disparavam esse dinheiro, comprando boatos e mentiras velhas e ociosas dos que professavam nos conhecer. Regularmente, o dia seguinte à rejeição teria manchetes de primeira página com absurdos obscenos e velhos, todos uma variação de algo impresso no mesmo jornal algumas semanas antes.

Alguém nos disse uma vez que uma revista vendia o triplo de exemplares quando uma matéria sobre Mal aparecia na capa. Obviamente eu não tinha nada em comum com a grande maioria do público. Primos em segundo grau que nunca conhecemos apareciam em programas de entrevistas diurnos ou revistas vagabundas, dizendo como Mal estava sempre que eles vinham de visita. Mentirosos. Semanas depois, seriam vistos estacionando um carro novo em folha no centro da cidade, com os bebês de blusas sujas chupando pirulitos fluorescentes hiperativos.

Ainda assim, em casa nos sentíamos seguros. Isolados.

Mas não hoje, o Dia Sete Mil Quatrocentos e Oitenta e Três, segundo o display na parede. Hoje era especial, porque depois de todos esses anos Mal concordara em deixar que uma equipe de noticiário entrasse na casa.

Mamãe coloca lençóis novos na cama por cima do corpo de Mal, parando logo depois do último puxão sobre o rosto que denota uma passagem. Os médicos se foram, os psiquiatras também. O quarto está arrumado, a cama, feita. Mamãe está com seu melhor vestido (um rosa que ela tem há mais de cinquenta anos, com ombreiras e flores falsas e imensas poluindo a frente), e Mal está formigando com o calor espinhoso do nervosismo. Olho pela janela e vejo como o tempo está impropriamente calmo. O sol brilha lá fora. Não parece o dia de um grande desfecho. Esses dias são ventosos e tomados de chuva. Este não é o clima para algo inacreditável.

Depois de uma hora de espera, há uma batida desconhecida na porta. Levanto-me para atender. Devagar, puxo a maçaneta e sou recebido pela cara mais velha e ainda mais laranja de Ray Darling. Ele parece ter se pintado com o selante usado para proteger dos elementos as estacas da cerca. Com ele estão um cinegrafista e um técnico de som, os mesmos de todos aqueles anos. Ele passa por mim rapidamente na direção de mamãe, que está de pé no final do hall, na frente do quarto que cresce dentro da casa como um bebê no útero. Ele pega suas mãos pequenas de veias azuis em seus dedos monstruosamente peludos e a beija no rosto. O som de seus lábios encontrando o rosto de mamãe parece um talho em minha laringe. Um crachá azul e grande na lapela de seu blazer fica preso no bordado barato de mamãe e os une com um constrangimento nada engraçado. Seu crachá diz "Ray Darling!". Tem um ponto de exclamação.

– Por favor, entrem – diz ela, gesticulando para a porta depois de se desprender, ruborizada. Então começa o evento.

Enquanto Ray Darling e sua equipe montam o equipamento em volta de Mal, tornando o quarto um teatro de operações, eles dizem gracinhas. Minha mãe prepara chá, e Mal não faz esforço nenhum para nada. Escapulindo do quarto, pego a chave do trailer na bolsa de mamãe e saio em silêncio e disfarçadamente pela porta da frente, onde a atmosfera é turbulenta. As pessoas estão reunidas ali há horas, mas ninguém me vê sair.

São talvez cem pessoas de pé, esperando. Hoje pode ser o dia em que descobrirão se estavam certas ou erradas. Quando os agentes de apostas que fizeram a festa com a *cause célèbre* de Mal perderão ou ganharão dinheiro. Quando o status de um herói é confirmado ou uma decepção é revelada, fazendo frente a 10 mil festas de Réveillon mal planejadas.

Ando a curta distância até os degraus de metal trêmulos, entro no trailer e fecho a porta, trancando-a. Longe da multidão, de repente estou totalmente só.

Ligo a TV. A cara fluorescente de Ray Darling vacila e depois brilha.

48

Abundantes gotas de suor delineiam o rosto inexpressivo de Mal. Ele fica ainda maior na TV. Seus braços parecem sacos de sal inchados a ponto de se romper. Graças ao estresse físico da ocasião, é demais para ele até manter a boca fechada. A luz faz com que o interior de suas bochechas brilhe enquanto o cuspe escorre por elas. Seus olhos são como que soterrados, afundados na cara como no mais feio dos cães. Dentro e fora do trailer há silêncio e só o zumbido da câmera num zoom na cara gorda de Mal, tocado pelos alto-falantes que um vizinho industrioso pendurara na janela, garante a qualquer um que seus ouvidos estejam funcionando. E então Ray Darling fala. Sua voz é mais grave e mais redonda do que pessoalmente. É isso que a televisão faz.

– Olá, senhoras e senhores – diz ele, e pela primeira vez faço parte do mundo que assiste, extasiado.

– Eu sou Ray Darling e logo estarei falando ao vivo, com exclusividade, com Malcolm Ede. Desde sua decisão de não sair da cama em seu vigésimo quinto aniversário, há mais de vinte anos, Malcolm alcançou o peso de seiscentos quilos. Ele vem prendendo a atenção de todos que souberam de sua história. Mas a questão é: por quê? Por que um garoto normal...

Não sei não.

– ... de 25 anos toma a decisão de encerrar a vida normal que tinha? Por que Malcolm Ede está na cama? Junte-se a mim depois deste breve intervalo para descobrir, pela primeira vez.

Uma sobremesa de sorvete.

As refeições de micro-ondas.

Minissanduíches com queijo processado para pais preguiçosos meterem nas lancheiras de crianças com paladar limitado.
Todos os anúncios são de comida. Esperto.
– Bem-vindos de volta. Junte-se a mim no quarto de Malcolm Ede. Olá, Malcolm.
Mal pisca indolentemente. Engole em seco e isso dura uma vida inteira. Seu aparecimento é recebido por enormes gritos do lado de fora, que tremem pelo vidro e entram pelo microfone pendurado acima dele para serem berrados pelos alto-falantes, voltando com um tom grave para a multidão de onde veio. Ele não responde. Seguro minha própria mão, belisco as pontas dos dedos, olho pelo trailer procurando algo para agarrar e acho uma maçã. Rompo sua casca.
– Como está passando hoje?
Nenhuma resposta. Os lábios de Ray Darling lentamente mergulham para o queixo.
– Está bem... Bom, a pergunta que todos fazem é, obviamente, por quê?
A cara muda de Mal enche toda a tela.
– Malcolm?
O crachá de Ray Darling se entorta num ângulo e só pode ser lido se virarmos a cabeça noventa graus para a esquerda.
– Malcolm? Por que decidiu não sair da cama?
Mal expira lentamente, como um dirigível que murcha com uma alfinetada.
– Não vai falar comigo, Malcolm? – diz Ray.
Isso dói de verdade. E de repente alívio, uma grande onda de alívio:
– Sr. Darling – diz Mal.
Uma pausa estudada, bonita.
– Por favor, me chame de Ray...
Um sorriso, algum desagravo.
– Sr. Darling – diz Mal.
É tão bonito que minha cabeça dói.
– Sim?

– Posso lhe fazer uma pergunta?
– Mas é claro, Malcolm. É claro.
Parece o centro do mundo, o começo, o estalo antes do big-bang maior.
Uma pausa. Um segundo.
– O senhor usa peruca?

49

Os risos do lado de fora são ruidosos. Reverberam pela pele prateada do trailer de Norma Bee, vibrando os pratos de porcelana nas superfícies plásticas da cozinha como dentes batendo no inverno. Com o canto das mangas, enxugo as lágrimas de riso que contornam meu nariz e penso no quanto Norma teria adorado o que Mal acabou de fazer com Ray Darling ao vivo pela televisão.

A empolgação é tanta que nem uma só figura da multidão na frente da casa percebe que saio disfarçadamente pela porta do trailer e entro no mercado explosivo de comoção que eles criaram. Tranco a porta ao passar e fico ali, avaliando o momento. Depois sinto a mão imensa e amiga no ombro. Viro-me e vejo um homem cujo rosto reconheço. Ele já esteve aqui. Algumas vezes eu acordava com sua cara espremida na janela. Olhando a barriga de Mal. Olhando os pinos que penetram em minhas pernas. Suas unhas são amareladas e rachadas e abrigam pequenos semicírculos de poeira e terra da grama. Seu cabelo é comprido, um labirinto confuso, embaraçado e seboso. Sua pele é um couro de mala enrugado pelo sol. Ele tem a aparência, o cheiro e os movimentos dos que vivem ao ar livre. Até seu hálito cheira a exterior, como o ar, a turfa e a sujeira que rodopiam de vida dentro dele.

– Oi, rapaz – diz ele.
– Oi – digo.
– Você é irmão de Malcolm, não é?
– Sou.
Ele abre um sorriso de dentes verdes.

– Puxa vida. Viu a entrevista?

– Vi.

Ele olha minhas pernas.

Depois me faz uma pergunta. Um tumulto de pancadas, uma combinação de golpes.

– Por que você voltou da América só para viver nesse quarto com ele?

Lentamente agulhas aquecidas se introduzem rapidamente por meu coração. Cada lembrança ruim que eu já esquecera se prende a um gancho e se arrasta por meu cérebro.

– Não foi por isso que voltei. Olha – digo, educado, mas falso, um mordomo robô. – Adoraria ficar aqui para conversar com você, mas agora preciso entrar.

– Tudo bem, cara. – Ele abre o sorriso sem dentes, o sorriso de túmulo.

Com os olhos no chão, troto pela multidão, mapeando o caminho, até que estou na porta da frente, que fecho depois de entrar, na esperança de que o grupo de pessoas do lado de fora vá diminuir até a hora de eu ir me encontrar com Lou esta noite. Penso que estou de volta à bolha e penso que a paz está ali dentro, mas estou enganado. Vozes altas crepitam pelo reboco das paredes e atravessam o vidro das janelas. Volumes de raiva, pânico e aflição poderosos. Com a ponta do dedo mais comprido e sentindo um pavor maior, lentamente abro a pequena porta de madeira entre mim e a algazarra.

Ray Darling está agarrado ao tornozelo esquerdo de elefante de Mal com as duas mãos, as pontas dos dedos deixando marcas fundas em seu espesso manto de carne. O cinegrafista e o técnico de som puxam com toda a força o seu cinto, tentando arrastá-lo dali, mas sua ira é tamanha e tão suspensa entre eles e Mal que é como se ele se agarrasse para salvar a própria vida a um poste inamovível durante um furacão. Sua cara é vinho, os olhos estão injetados, e ele descarrega sua desforra aos berros. Os gritos são tão altos que ganham e perdem sentido.

– Como se atreve, caralho! Como se atreve! – grita ele, arrancando o lençol do corpo de Mal, jogando-o no chão. Apesar do esforço de seus dois auxiliares maiores, Ray Darling aos poucos sobe a unhadas pelo corpo balouçante e trêmulo de Mal. – Me fazendo de palhaço, porra! – ruge, com as mãos fundas na barriga de Mal, como se abrisse caminho por um monte de argila morna. – Filho da puta! Filho da puta! Seu filho da puta grande, gordo e horroroso!

Vejo Mal começar a suar, incapaz de se mexer, o vasto guarda-chuva de seiscentos quilos de gordura que o cobre prendendo-o à cama. Imagino Ray escarranchado em Mal, abaixando-se e mordendo seu nariz roliço. Imagino-o salpicado do sangue de Mal, o sangue pingando em grossas joias vermelhas de sua boca, enquanto Mal, embaixo dele, sofre um ataque cardíaco violento que o faz estremecer, expulsando-lhe os restos de vida.

Minha mãe geme. Ela por acaso enganchou o pé no denso ninho de fios entre a maquinaria de Mal e o equipamento de TV que foi montado para a transmissão. Eu a observo enquanto seus pés se mumificam em cabos e numa forte agitação ela é levada a se estatelar no chão, agarrando e rasgando as cortinas que levam ao gramado da frente, onde agora uma pequena multidão de espectadores permanece, atraída pelo alarido.

Elas espiam pelo vidro. Minha mãe embrulhada em cortinas e fios de cores vivas. Mal enorme, nu, apavorado. Ray Darling, agarrando-se às abas pesadas sob as axilas de Mal, vomitando obscenidades cruéis a meu irmão, seu torturador. Dois homens adultos incapazes de impedi-lo. Eu e meu pai, pasmos, só agora entrando em ação.

Papai se acotovela com o técnico de som para pegar as pernas de Ray Darling. Passo os braços por seu pescoço como se o matasse por estrangulamento, como uma jiboia. Nós quatro o seguramos, e ele ainda arranha. Depois ouvimos um rasgão, quando papai tenta tirá-lo de cima de Mal pelos bolsos traseiros da calça, arrancando-a e revelando um par de pernas cabeludas e magras e uma cueca bege desbotada, o que finalmente cessa a luta de Ray Darling e me dá uma oportunidade de acabar com isso de uma vez por todas.

Meu pai deixa que dois policiais entrem para pegar Ray Darling, exausto e com sua cueca mais suja, esparramado por cima da bolha nua de um homem de seiscentos quilos enquanto puxo a peruca laranja de sua cabeça asquerosa.

Ray é preso, e minha mãe recoloca as cortinas. O riso de Mal provoca correntes borbulhantes por sua polpa macia e suculenta.

50

Um ano depois, uma translação, Mal tinha 26 anos. Olhei-o escavar uma torta de caramelo de aniversário e sorvete. Sua cabeça parecia pender frouxa demais no pescoço. Eram oito da manhã. Minha mãe trouxe um saco grande e prateado cheio de presentes que deixou glitter prata barato faiscando pela cama, tudo seco e empoeirado, como se imagina a superfície do planeta Mercúrio. Havia chocolates, meias e coisas que as mulheres compram para homens sem interesses. E havia um pacote comprido e retangular, mais ou menos do tamanho de uma caixa em que se guarda um taco de sinuca. Fiquei empoleirado na beira de minha cama, com as pernas jogadas sobre ela, os pés pairando pouco acima do chão feito um boneco atravessado no colo de um ventríloquo. E eu olhava. Pequenos cortes eram feitos em minha impaciência por ele suportar abrir um presente tão lenta e cuidadosamente. Enfim, depois de abrir uma ponta do presente, ele o deslizou de seu embrulho de Natal como se removesse uma bota de couro na altura da coxa de sua perna.

– É um relógio – disse mamãe com as mãos excitadamente enganchadas no queixo, demasiado feliz por ter a todos ali.

Até papai estava presente, incapaz de trabalhar temporariamente depois de torcer o tornozelo ao cair do alçapão no teto. Estava sentado num canto, com a cabeça encostada em uma palma aberta e o cotovelo dobrado, admirado com a felicidade lustrosa dela. De como ficou tomada de alegria por um ano inteiro.

– Um o quê? – perguntou Mal.

– Um relógio. Mandamos fazer para você. Um amigo de seu pai, da África do Sul, é isso que ele faz agora. Ele faz relógios. Mas não são relógios comuns. Relógios especiais. Como os que fazem contagens regressivas, dos grandes, na véspera de Ano-novo, pouco antes de acenderem os fogos de artifício... Ele não faz, amor?

Amor. Quando ela chamava papai de "amor", eu conhecia a ternura. Poucas coisas tão afetuosas ficam cada vez mais raras e de menor significado.

– Ele faz, sim – respondeu papai, ainda sem se mexer em sua cadeira, jamais desperdiçando uma palavra.

Os pontinhos de glitter se perseguiam pelos raios de sol que penetravam pela janela.

Mal virou a caixa preta embaraçosa de um lado a outro, investigando e sondando-a à procura de uma chave ou botão, qualquer coisa que lhe desse vida, enquanto minha mãe apressadamente desenrolava o fio e o conectava à tomada na parede. Com um estalo, os dois de repente foram iluminados por um verde-quadrinhos limitado por cada parede. Quando atingiu meu pai, balançando-se suavemente na cadeira perto da TV, era de uma cor de ervilha opaca, destacando sua testa enrugada e fazendo-o parecer a bruxa má de uma pantomima.

ANOS MESES DIAS HORAS MINUTOS SEGUNDOS.

Tic toc tic toc, a vida de Mal numa tela de cristal. Minha mãe levantou a pequena aba de plástico no fundo e meteu um dedo pelos botões mínimos ali enterrados, até que se ouviu um bipe, um zumbido e um estalo.

UM ZERO ZERO ZERO ZERO ZERO

Ela torceu o seletor macio de plástico.

ZERO ZERO 365 ZERO ZERO ZERO

Dia Trezentos e Sessenta e Cinco, segundo o display na parede.

Papai se levantou, sorriu e saiu do quarto. Eu o segui. Ocorreu-me então, pela primeira vez, enquanto acompanhava seus movimentos perna esquerda, perna direita, que eu era mais alto do que ele. Que provavelmente já era assim havia algum tempo. E que parecia que ele estava murchando, uma imagem em *stop-motion* de uma flor transformando-se do amarelo ao cinza e daí ao pó que o vento levava no ar. Queria passar os braços por seu pescoço, empurrar meu coração para o fundo de seu peito e partilhar com ele minha força vital. Queria levantá-lo acima de meus ombros, bem ali na sala de estar, ressuscitá-lo, devolver-lhe o que ele perdera. O que todos os filhos no fundo querem fazer com os pais, torná-lo o campeão. Mas ele parecia derrotado, pelo tempo, pelos acontecimentos. Pelo que perdeu um dia e nunca mais recuperou. Eu o segui à cozinha, onde ele colocou a mão rude e cansada na pele de metal da chaleira para ver sua temperatura e acendeu o fogo mesmo assim.

– Você está bem? – perguntei.

– Sim. Sim – disse ele.

Queria dizer que gostaria que conversássemos mais, mas se ele me perguntasse "sobre o quê?", talvez eu não soubesse. Todo dia eu o deixava ali quando ia de avental para o trabalho, e todo dia ele estava ali quando eu voltava. O salário que eu ganhava seria gasto rapidamente, na rua com Red Ted. Red Ted nos levava de carro a cidades-satélites e íamos a bares e boates onde a música era alta demais, comunicando-nos com gestos imperceptíveis. Era barato em casa, raciocinei comigo mesmo. Eu não tinha responsabilidades, por mais que quisesse tê-las. Havia a diferença entre mim e Mal. E eu queria Lou. Tudo que eu fazia pretendia me ajudar a esquecer o fato com o menor custo e a maior rapidez possível.

– O relógio – sussurrou papai. – Sua mãe diz que vai fazer com que ele perceba a idiotice disso tudo. Que vai fazer com que ele se levante. Se quer minha opinião, acho que ela pode ter feito um desafio a ele.

Um grito estridente guinchou da garganta de mamãe, varrendo o revestimento interno de seus pulmões. Meu pai, despejando água da chaleira, escaldou a mão no jato.

– O que foi? – gritou ele, mais alto do que eu já ouvira desde o dia em que ele marcou minha pele no hospital, e corremos pela sala até o quarto, onde, junto da janela e com as palmas presas ao rosto, estava mamãe.

O choque do que ela vira aparentemente tinha espremido seu sangue no tornozelo, sua cara uma pastilha de hortelã. Mal, nu, tinha o lençol puxado para cima, cobrindo o rosto. Seus dedos agarravam-se à bainha por medo de que alguém o arrancasse, um mágico numa mesa de jantar, deixando Mal pelado, os pratos e copos balançando suavemente, mas ainda inteiros.

Meu pai e eu fomos à janela e abrimos um pouco mais a cortina. Lá fora, no gramado, no nosso gramado, havia uma barraca, armada e habitada.

– Mas que diabos é isso? – perguntou papai.

– Uma barraca – eu disse.

– Sim, uma barraca. Mas o que é isso?

– É um equipamento de camping usado como abrigo. – Malcolm riu.

– Sei o que é uma barraca. É claro que é uma merda de barraca – disse papai. Ele estava apontando pela janela como se eu não tivesse percebido a paisagem que era minha havia tanto tempo e que de repente tinha um novo adendo. – O que está fazendo ali?

– Sei lá – eu disse.

Minha mãe se sentou na cama de Mal. Era como se ela tivesse puxado as cortinas e descoberto todo um coro de dançarinas de cancã batendo seus pompons. Ela estava cinzenta.

A barraca era pequena e branca, de longe parecendo pouco mais do que um lençol fino atirado sobre alguns gravetos. Tentar dormir ali no calor do sol de meio-dia de verão seria infernal. Por um motivo ou outro, acampar nunca me pareceu uma boa maneira de se divertir. Com o movimento das nuvens pelo céu, esta barraca, a uns seis metros de distância de onde estávamos, era iluminada. E nela, quando olhei bem fixamente, vi a silhueta de uma figura solitária, um contorno que eu reconheceria, fosse o dia mais claro ou a noite mais escura. Mas nem precisei dizer nada.

— É Lou — murmurou Mal de sob o lençol. — Essa é a barraca da Lou. Eu reconheço. É a Lou, acho, dentro dela.

Minha mãe se balançava, escorada na coluna. Papai levou a mão à boca. Vi que ele estava surpreso, mais do que isso, porém, talvez malicioso, desfrutando da apresentação de uma corrida de obstáculos, qualquer coisa que embalasse o berço suavemente.

E eu senti júbilo. Um júbilo doce e poderoso. Júbilo só de vê-la novamente.

Minha mãe se levantou rapidamente e puxou a cortina por toda a vidraça, deixando o quarto iluminado apenas pelo brilho verde e acre do presente de vigésimo sexto aniversário de Mal. Ficamos ali, em fila, banhados na luz ambiente, o fato de que era o Dia Trezentos e Sessenta e Cinco, segundo o display na parede escrito por nossos corpos.

51

— Você não vai lá fora – ordenou mamãe. Eu vasculhava a pilha à procura de meus sapatos quando minha mãe, num protesto inútil, puxou o ferrolho da porta da frente.

– Para que está fazendo isso? – eu disse, irritado.

– Porque você não vai lá fora – disse ela.

Seus dentes rangiam. Não conseguia entender se ela estava com raiva ou medo. Apesar disto, já havia tomado minha decisão.

– Vou falar com a Lou! – gritei para Mal no quarto, embora mais para a minha mãe. Ele não respondeu.

– Bom, vou chamar a polícia – rebateu ela. – É invasão, tecnicamente. Não importa quem ela seja. Este é o nosso jardim. Ela não tem o direito de aparecer e instalar uma barraca ali sem nossa permissão expressa. Ela não tem direito nenhum.

Minha mãe falava e eu ouvia cada vez menos, até que por fim ela se transformou em ruído de fundo. Eu a vi franzir os lábios, criando pequenas formas. Vi suas sobrancelhas finas se contorcendo. Vi os gestos desvairados de suas mãos cortando o ar em uma dança furiosa. Mas não significavam nada para mim.

– Mãe – eu disse –, faça o que quiser, se acha que vai tornar a vida mais fácil. – Eu me sentia grande, preparado. Um homem. – Mas vou lá fora falar com a Lou. Me deixe descobrir o que ela quer.

A cabeça de minha mãe tombou, até que o queixo pousou no prato ossudo e pronunciado de seu peito, e seu campo de força, que até agora eu não conseguira detectar, aos poucos desapareceu. Firme, e sem me olhar nos olhos, minha mãe andou pela sala de estar. Papai esperava ali com uma xícara de chá quente para ela, com seu *timing* impecável. Mal ainda não dizia nada. Vesti um casaco leve de verão para combater o ar fresco da manhã e olhei por um espaço acima das dobradiças da porta do quarto. O lençol ainda cobria sua cabeça e só estavam à mostra seus pés inchados num verde sinal de trânsito, projetando-se da beira da cama como as cabeças viradas de dois ancinhos na grama. Pedindo que alguém pisasse.

Ao tirar o ferrolho da porta, uma náusea nervosa roncou em meu estômago, então esperei e engoli em seco, esperei novamente, até que ela atenuou a um ronronar suave. E então, abrindo-a lentamente, saí no dia frio a passos de bebê. Só quando ouvi o esmagar peludo do capacho de cerdas sob meus pés foi que baixei a cabeça e descobri que por acaso eu estava com sapatos descasados. Pensava em Mal ao cruzar o pequeno trecho de grama até a barraca, onde a ouvi cantarolar, uma sereia cantando para que eu naufragasse.

Parado do lado de fora, dei um pigarro. Soou horrível. A apreensão se torcia e estalava em minhas pernas.

– Olá? – disse ela.

– Oi – respondi.

Meus dedos mexeram nos lados do corpo, nervosos como um caubói rápido no gatilho faria com o coldre quando há frações de segundos antes que ele ou seu inimigo dê o primeiro tiro fatal sob o sol a pino. O zíper começou a se abrir de dentro. Vi-o descer pela barraca, depois ali estava ela, sentada na entrada.

– Oi. – Ela sorriu. – É bom te ver. – Ela continuava maravilhosa. – Você deve estar se perguntando o que estou fazendo aqui.

Minha caixa vocal se encheu de uma espuma incrivelmente grossa e assim me limitei a assentir, como os cães gulosos e estúpidos que esperam que Red Ted jogue as salsichas malfeitas pela porta do açougue.

– Talvez – disse ela, movendo-se de lado – seja melhor você entrar.

Caí de quatro.

A barraca era pouco maior do que um caixão e tinha aquele cheiro sufocante de vinil quente. Nos bolsos do forro, havia alguns suprimentos. Comida, frascos, garrafas de água. Um espelho. Roupas de baixo limpas. Revistas. Uma foto do pai dela que tinha caído de sua bolsa. Ele parecia triste e magro. Um travesseiro. Um saco de dormir. Lenços umedecidos e cosméticos de que ela não precisava realmente. Sentei-me de frente para Lou enquanto ela prendia o cabelo nas costas, rápida e profissionalmente, de modo que nem um fio de cabelo caiu em seu rosto quando ela terminou. Ensaiei isto sem parar, mas só em minha cabeça. Agora que eu tinha chegado ao show, com o figurino, só descobria que minhas falas foram cortadas sem que ninguém tivesse me contado.

– Como está o Mal?
– Bem – menti.
A verdade é que eu não sabia realmente.
– Acha que posso vê-lo?
– Não sei. Acho que não. Quer dizer, bom... Não é só você, Lou. Ele não recebe visita nenhuma. Nenhuma mesmo.
– Sei – suspirou ela.
– Então – perguntei –, onde você esteve? O que andou fazendo?
– Voltei para a casa do meu pai.
– E como ele está?
– Ele só fica sentado lá, pensando na mamãe, como se esperasse que ela passasse pela porta, e, se ela passasse, então ele se levantaria e colocaria a chaleira no fogo como se nada tivesse acontecido. Acho que ele pensa que coisas ruins como essa não acontecem a pessoas da idade dele. Ele está enganado. Pode acontecer a qualquer hora, eu acho.
Eu queria dizer que ela fazia o mesmo.
– Acho que isso é amor para você – disse ela.
Queria lhe dizer que não era, mas o que eu sabia?
– Tentei esquecê-lo. – Eu via isso nos contornos de seu cenho. Na pressão da curva em S de sua língua, enrolada como uma víbora na boca. – Não era assim que devia acontecer.

– Você não vai conseguir esquecer aqui. Acampada no nosso jardim – eu disse.

As engrenagens, as polias e correntes de meu corpo se prepararam para formar o padrão simples de movimentos necessários para que eu colocasse a mão carinhosa e conciliatória em seu joelho, mas o motor não pegou e continuei rígido em meu lugar. Ela ficou em silêncio. Sentada ali, balançando-se nos calcanhares, batendo-os como Dorothy de *O mágico de Oz*, que vi na TV uma vez. Um traço infantil dela forçando entrada numa mulher adulta.

– O que está fazendo aqui? – perguntei. – Quer dizer, a barraca e tudo. Ficamos todos meio surpresos.

– Eu sei, desculpe. O que sua mãe acha?

– Ela vai chamar a polícia.

– Vai mesmo?

– Duvido.

– Acha que posso falar com ela? Eu gostaria.

– Não sei – disse, incapaz de achar dentro de mim o jeito certo de dizer não. Não cabia a mim explicar como as coisas mudaram, como já era normal que Mal ficasse na cama. – Então, por quê? – perguntei novamente.

– Por que estou aqui?

– Sim.

– Eu ainda o amo, sempre amarei. E assim, cada pedacinho de mim sempre estará aqui. Esta barraca ficará aqui para lembrar a ele, pelo tempo que for necessário.

Empurrei os dois dentes superiores para meu lábio inferior macio. Depois veio o bi bi e a terceira buzinada impaciente de um carro na rua. Coloquei a cabeça para fora e vi Red Ted, com demônios de fumaça saindo do escapamento. Ele mastigava satisfeito uma tortinha de carne de porco com o movimento circular do queixo de um camelo eufórico e ouvia um debate esportivo estrangeiro e ininteligível pelo rádio.

– Preciso ir trabalhar – eu disse.

Lou não se despediu. Em vez disso, colocou as mãos no chão diante dela, balançou seu peso nos braços, levantou o traseiro no ar e se curvou para a frente, dando-me um beijo no rosto. Continuou ali, aquela sensação, muito depois de o contato ser rompido. Imitei seu sorriso, ampliado e enviado de volta a ela. Depois recuei devagar da barraca para não derrubá-la no chão com meus sapatos descasados e desajeitados e fechei o zíper atrás de mim com a mão cautelosa de um cirurgião recém-formado. Se eu conseguisse dizer a ela que a amo, talvez isso também durasse uma vida inteira. O problema era que não havia espaço nela para mais nada. O amor de Mal tomara tudo e agora era um grileiro dentro de Lou.

Entrei no carro e baixei a cabeça para Red Ted. Ele não falou no fato de que eu tinha saído de uma barraca em meu próprio gramado, que meus sapatos eram de cores inteiramente diferentes ou que uma linda borboleta de batom tinha pousado na minha face. Ficou ali o dia todo, aquecendo-se no sol que entrava na loja.

52

A barraca ficou. Eu pensava em Lou sempre que saía de casa. Mas não saía. Não havia nada nem lugar tão grandioso para ir como o que tinha imaginado. Meus amigos da escola tinham hipotecas e filhos. Talvez a Srta. Kay tivesse sido uma pastora de ovelhas, seu conselho um caminho para pastos mais ricos, conselho que eles aceitaram, ao passo que eu, não. Eu conhecia um pouco o remorso, mas algo magnético tinha me atracado, sua âncora em meu pensamento. Mas eu tinha amigos. Pelo menos eu não era Mal.

O corpo de Mal começou a se metamorfosear. Notava como a gordura agora se acumulava primeiro pelos quadris, inchando as linhas onde o alto das pernas suporta o tronco da barriga e mergulha nas calças que ele nunca vestiu. Logo eu podia acompanhar com os olhos onde o corpo de Mal se desfigurava, as operações de seu metabolismo permeadas de indolência.

Eu via quem passava apontando e assentindo na direção da casa, indicando a barraca, encarando da calçada pela janela onde Mal estava deitado. Minha mãe cuidava dele como um pinguim-imperador caminhando penosamente pela neve, com o cuidado de não deixar que nenhum predador camuflado atacasse seu ovo.

Dia Novecentos e Catorze, segundo o display na parede. As pessoas da cidade conheciam Malcolm Ede pelo nome e só pelo nome. Ele virou fofoca, um mito, um excêntrico ou um biruta. Alguns descobriram que eu era seu irmão e apareciam no açougue para perguntar sobre ele.

– Cinco libras de carne para guisado. Você é o irmão de Malcolm Ede?

Sim. Mas você já sabia disso.

– Um frango. Grande. Para assar. Para o domingo. E então, como vai o Malcolm ultimamente?

Bem, tudo bem, tenho clientes para servir.

– Meio quilo de Malc... Carne moída, por favor.

Como isso ficava cada vez mais frequente, Red Ted concordou em ser o homem na frente da loja enquanto eu ficava atrás, preparando a carne, limpando e fazendo os pedidos do estoque. Eu ouvia pela parede as pessoas perguntarem sobre alguém que elas não conheciam e que não estava fazendo realmente nada. Assim era a fama.

– Você é irmão de Malcolm Ede?

– Não. Meu nome é Ted. Não tenho irmãos.

– Tem certeza?

– Tenho.

– Quem é o irmão de Malcolm Ede, então?

– Quem é Malcolm Ede?

– Você sabe quem é Malcolm Ede.

– Não.

– Sabe sim.

– Não, não sei.

– Sabe. O cara que parou de sair da cama sem motivo nenhum. A namorada dele armou uma barraca no jardim dele.

– Pode ser qualquer um.

– Fala sério... Ele está na cama há séculos, e a namorada mora numa barraca no jardim.

– É, exatamente.

– Então você não é mesmo o irmão dele?

– Não tenho irmão nenhum.

– Oh.

– Aqui está, oito linguiças de porco com alho-poró, meio quilo de picadinho de cordeiro e meio quilo de carne para assar. Não sei do que está falando. Não conheço ninguém chamado Martin.

– Malcolm.

– Não, meu nome é Ted.

Eu adorava Red Ted.

E Mal ficava cada vez maior e mais largo, e mais redondo, e mais pesado. Como uma colônia de formigas, trabalhávamos, vivíamos e comíamos em volta dele, fingindo que tudo estava normal, e estava, da forma mais estranha do mundo.

53

O carro de papai tinha cheiro de tabaco e desodorizador de menta pungente que pretendia disfarçar o cheiro de tabaco. Eu não gostava de nenhum dos dois, mas os dois combinados eram um prazer olfativo. Traziam à memória épocas em que eu nem era nascido para desfrutar. O cheiro da juventude de meu pai, décadas antes, antes do primogênito. Os bancos eram marrons, e o ar era parado. As guimbas fedorentas no cinzeiro transbordavam seu cinza estéril, acarpetando todo o piso.

– Vamos pescar. Já faz muito, muito tempo que você não vai pescar – dissera ele.

Tinha resolvido trazê-lo mais para minha vida e me insinuar mais na dele. Pescar era o preço que eu tinha a pagar. Embromei por bastante tempo, fingindo em ocasiões anteriores que ia ver Sally, que não via havia quase um ano. Ficava na casa de Red Ted.

Logo meu cabedal de desculpas foi reduzido por minha culpa crescente e me vi fingindo interesse pela vara de pesca que papai aparentemente tinha projetado e construído no sótão. Era, disse ele, sua própria combinação de roldanas, engrenagens e rodas. Graças a ela, podia levantar peixes maiores e mais pesados da água com muito menos esforço do que normalmente se exigia, e trazê-los com segurança e rapidez para a margem sem medo nenhum de eles se soltarem. Era uma proeza, eu tinha certeza, mas no fundo sempre quis que os peixes escapassem. Eu olhava seus horríveis olhos mortos de conta. Via que eles odiavam o ar.

Ficamos sentados na margem, nós dois, ouvindo o plinc-plinc da linha batendo na superfície da água. E veio uma paz. O raro tipo de paz de que papai falava.

– Eu voltei lá, sabia? – disse ele.
– Onde? – perguntei, sua interjeição repentina me pegando de surpresa.
E ele começou. E ouvi. Parecia que até os peixes nadavam por ali mais devagar.
– TauTona. África do Sul. À mina. Voltei lá há três anos, pouco antes de Malcolm ir para a cama. Não contei a ninguém. Menti. Disse que ia ao Norte para ajudar a construir um novo elevador, lembra? Mas não fui. Voltei a TauTona. Voltei para onde o acidente aconteceu. Eu precisava ir.
"Era o mesmo calor, sovando sua pele. O calor dali, ele mói você e o deixa lento e cansado. Era a mesma poeira no fundo da garganta. Era a mesma sensação que havia quando saí, de algo que tinha acontecido e nunca seria esquecido, algo que sempre carregaríamos. Aquela carga, pesada como o dia em que as correntes arrebentaram. Pesada como o dia em que aconteceu."
Eu me perguntei se Mal já ouvira isso. Perguntei-me se ele foi para a cama para nunca mais ter de pescar.
– Sabia que nunca tiraram nada da terra ali? Era fundo demais. Perigoso demais. Os 16 homens que morreram naquele elevador, eles ainda estão lá, espremidos três quilômetros e meio dentro da terra. Podíamos alcançá-los, mas nunca os levaríamos para casa. E desci de novo. Fiquei na plataforma do elevador de emergência que fiz, e desci de novo. Tão fundo que nada pode viver ali. Nem insetos. Nem a luz. Só lembranças. Tão fundo que não havia nada, só o metal retorcido, o cheiro estagnado, a poeira, a escuridão e a dor em meu coração. Fui ver se conseguia tirar esses homens da terra, se finalmente podia levá-los para casa e colocá-los para descansar. Se podia dar àquelas mulheres, com suas velas e seus lenços de cabeça, algo real para prantear. Mas não consegui. Nada conseguiria. Tudo tinha acabado.
"Naquela noite, houve uma cerimônia de recordação. Fui convidado. Em uma igrejinha cinzenta perto de um rio. Um telhado de latão corrugado e uma cruz feita de madeira barata

com a tinta lascada. E eu fui. Vesti um terno com uma flor amarela, como fazem para se lembrar na Rússia. Sempre gostei disso. Não preto. Amarelo.

"E na frente, nas duas primeiras filas, estavam as 16 viúvas de TauTona. Dezesseis rostos ainda destruídos. E disse para mim mesmo, sabe, eu não podia ser igual a elas. Não posso carregar essa imagem dentro de mim para sempre. Esta tristeza. Pensei, um dia, e não sei quando nem como, um dia terei de fazer alguma coisa, algo grande, algo novo e maravilhoso, se quiser deixar TauTona para trás. Se não fizer, sempre haverá 17 homens enterrados ali."

Voltamos juntos para casa de carro, com o silêncio restaurado. Dividimos um peixe grelhado e tivemos bolo de sobremesa. Depois disso, papai subiu ao sótão para fazer uns ajustes na vara de pesca a partir das equações que formulou quando a testava naquela tarde.

54

No Dia Mil Quatrocentos e Sessenta e Cinco, segundo o display na parede, Mal recebeu sua primeira carta de fã. Mamãe a pegou no capacho, fechou a cara e levou o envelope para o quarto, onde eu vestia meu macacão de trabalho e Mal devorava apressadamente uma segunda tigela de manjar, cujos restos se acumulavam em arcos nas laterais da boca, deixando-o com um sorriso dourado.

A carta estava em um travesseiro, como se pensa que a rainha recebe sua correspondência. Na falta de um abridor de cartas de prata com o qual fazer uma incisão elegante, ele lambeu os farelos da faca que usou para passar manteiga na torrada grossa antes da rodada de manjar e criou uma fenda no interior do envelope. Com um movimento rápido do pulso grosso, ele o abriu, assassinando-o para que suas entranhas de papel saltassem em seu peito. Minha mãe se ofereceu para ler, como se ele mesmo não pudesse. Ele concordou, o que me doeu um pouco.

– "Prezado Malcolm Ede" – começou ela. – "Só queria escrever a você para lhe dizer que soube do que está fazendo e acho maravilhoso. Adoraria se nos tornássemos amigos por correspondência, e se eu pudesse lhe fazer companhia enquanto você faz o que está fazendo. Com muito amor, Amy Lam."

– Mas você não está fazendo nada – eu disse, ajeitando meu avental e endireitando a torção na alça que passa pelo pescoço e se apoia em meus ombros.

Mal deu de ombros.

– Está tudo bem – disse ele.

Senti meus lábios cerrarem. Eu era bem treinado para lidar com a idiotice de Mal, mas não com a idiotice maior de alguém inclinado a tentar ser amiga dele.

– Vou trabalhar – eu disse.

Red Ted saiu da loja cedo para ir a um tatuador. Disse que sempre quis fazer uma tatuagem e tinha adiado porque não conseguia se decidir pelo desenho. No fim, optou pela simplicidade e, pelo que me disse, ia fazer seu nome escrito nas costas.

– Acho que vai ficar muito bom – eu disse. – É um nome bacana, Red Ted.

– Não – disse ele. – Só "Ted". Você é a única pessoa que me chama de Red Ted.

Sozinho e com poucos clientes, pensei na carta da fã, em Amy Lam. Misteriosamente animado, peguei o telefone e disquei para Lou. Parecia uma notícia legítima, algo a dizer, de que eu carecia fundamentalmente. Atendeu um homem.

– Alô? – disse ele.

– Alô – eu disse. – A Lou está, por favor?

– Não.

– Tudo bem. Posso deixar um recado?

– Pode.

As respostas dele caíam com estrépito antes que minhas perguntas terminassem, obrigando-as a sair da estrada. Ele era velho, sua voz, áspera, definitivamente um pai, não um namorado. Ele estava perdoado. Não conseguia me decidir a dizer meu nome porque só usava o sufixo "irmão de Malcolm", e assim falei: "Diga a ela que Malcolm tem uma fã."

– Tudo bem – disse o pai dela, desligando.

Quando cheguei em casa naquela noite, o céu estava cor-de-rosa e o cheiro no ar tinha aquele distante fedor de fogueira do perigo. Mal via seriados policiais, e minha mãe estava sentada à escrivaninha decorada que papai herdara do próprio pai, com uma caneta-tinteiro na mão. Seus dedos eram embranquecidos pelas cicatrizes deixadas pelas queimaduras do fogão e do ferro de passar. Ela escrevia uma resposta a Amy Lam, com a felicidade no rosto, uma razão em sua noite.

Tirei os sapatos e as roupas sujas de sangue perto da porta da frente e dei um salto quando alguém bateu nela. Abri e encontrei Lou. Seu sorriso era imenso, impossível e lindo. Ficamos sentados em sua barraca com uma lanterna, jogamos cartas, e lhe contei da carta de fã que tinha chegado. Ela riu comigo da carta e mascarei meu prazer com o que considerei um avanço.

55

Lou bateu o dois de copas ceroso no chão. Dirigiu a luz da lanterna para seu queixo como um ranúnculo. Deitou-se de frente, escorada nos cotovelos. Eu adorava seus ombros e seu decote, o mergulho dos ossos. Adorava a rampa de salto de esqui que suas costas formavam do pescoço ao traseiro. Adorava os três sinais, uma constelação em seu rosto.

– Posso te fazer uma pergunta? – indagou Lou.
– Claro – eu disse.
Algo sobre Mal, presumi.
– Por que você fica?
Torci o nariz e lambi a face interna e acetinada dos dentes. Mal me perguntou isso uma vez, e gaguejei quando a resposta fugiu de mim.
– É porque você está apaixonado pela Lou? – dissera ele.
Assenti, e meu coração rachou.
Ele fechou os olhos.
– Você pode ir embora – disse ela.
– Sei que posso. A qualquer hora. – Ficamos sentados ali, presos no tempo e na conversa. Juntos. – E você também.
– Eu preciso.
– Não precisa.
O enfeite de uma mosca presa nas camadas externas da barraca.
– Nós dois podíamos – eu disse. – É preciso aparecer alguma coisa grande para nos tirar de órbita.
– Como um asteroide? – disse ela.

Ouvi nela a tristeza que havia em mim. Infiltrava-se e estava na nossa pele. A vontade de escapar sem a capacidade de cumpri-la.

– É. – Sorri. – Como um asteroide.

Nós dois nos banhávamos no calor quando Mal o dirigia a nós. Mas ela estava bloqueada, incapaz de ver a cintura redonda de Mal, que se expandia ao que espreitava em sua sombra. Eu. Estava na hora, pensei, de mostrar a Lou que eu podia dar o mesmo calor.

– Lou – disse, mas sem saber que eu estava para falar, ela também falou.

– Acho que sou mais parecida com meu pai do que pensava – disse ela.

O medo se alojou em mim, e a confiança que aparecera tão brevemente expirou, morta e apodrecida. Como o pai, ela nunca dera seu amor a mais ninguém e agora não sabia como fazer isso. Era o que nos unia inexoravelmente. Eu também não sabia.

– Eu o amo – disse ela.

Amar alguém é vê-lo morrer.

Então flutuamos em estase juntos, por dias, semanas, meses e anos. Lou acorrentada a Mal, alargando-se como o ornamento de bolhas em uma barra molhada de sabonete. Eu a Lou, o metal das correntes grossas e pesadas. E esperamos que Mal pegasse o cadeado em suas mãos, girasse a capa de aço no buraco e sacasse a chave. Se ele destrancasse, eu podia levá-la embora. Um braço por baixo de seus joelhos, o outro uma armação para seus ombros e costas, e eu podia carregá-la. Sem a sombra caindo em minha cara, ela veria o amor em mim. Ela pegaria meu cabelo em seus dedos e saberia do tempo que foi perdido. Mas ele não fez isso. O asteroide viria de outro lugar. Da América. E graças ao tempo que levaria para chegar aqui, a rachadura em meu coração ficaria ainda maior.

56

Depois da chegada daquela primeira carta, como um dedo alargando o buraco onde um dente fora extraído, muitas outras eram deixadas por baixo da porta e no capacho. Aos poucos se tornou uma ocorrência de tal regularidade que entrou para a lista de tarefas que minha mãe devia completar quando se levantava.

Vestir-se.

Preparar o café da manhã de Mal.

Pegar a correspondência.

Recebemos telefonemas dos Correios, perguntando do afluxo, como se quisessem verificar se éramos adequadamente merecedores. Cartas vinham de muito longe, como a Austrália. Vi selos de todas as cores e desenhos. Os rabiscos em arco-íris do Japão. Os raios de sol amarelo avermelhado do Alasca. A palha entrecruzada, verde-azulada e cor de menta do Peru. O mundo era colocado por nossa porta da frente em peças mínimas de quebra-cabeça. Papai guardava os selos. Chefes de Estado sem nome. Paisagens sem lugar. Inventores, engenheiros e pensadores cuja existência nem mesmo era de nossa época.

Alguns dias eu chegava do trabalho e encontrava o canto de um cômodo repleto de bulbosos sacos pretos de lixo, farfalhando, em movimento. Esbugalhavam-se como os olhos imensos de moscas gigantes. Transbordavam, rolavam e se mexiam. Sua silhueta, como a de Mal, era substituída por algo calombento e aberrante. Às vezes, eu achava esses sacos pretos e grandes no jardim, respirando no calor do verão, ou cobertos da geada branca e fina que vinha no inverno como um alcaçuz escandinavo.

Mal não lia as cartas. Seus dedos engordaram e ficaram rígidos demais para segurar o que tivesse a fragilidade de um papel. Antigamente ele usava um anel de prata no indicador direito, mas havia muito tempo fora engolido, a pele e a carne cresceram sobre ele, incorporando-o em sua massa devoradora. Parte dele era uma joia. Olhei para seu queixo. Fundia-se quase continuamente com suas omoplatas, e imaginei seu corpo se consumindo, as bordas se aplainando. Não havia mais evidência externa de que ele um dia teve ossos em algum lugar. Se ele vivesse para sempre, talvez um dia se transformasse em uma bolha rosa e amorfa. Um globo sem mares. Imaginei a barriga dele retorcendo-se e movendo-se até que se dividia e se escancarava num abismo raiado de cordões sangrentos, como um velho desdentado, seu sorriso de gengivas cheias de caramelo. Imaginei-o verter um mar de ovos brancos e perolados pelo lençol, cheios de larvas que se tornariam insetos, que se tornariam clones de mim, mamãe, papai e Lou.

Minha mente vagava dessa maneira quando ouvi, acima do ronco repugnante e grosseiro de Mal, papai gritando do sótão:

– Mas que diabos!

Abri os olhos e ouvi o tinido dele descendo a escada para a cozinha, onde, desde que eu estava acordado em segredo, minha mãe fazia o acabamento em um bolo enfeitado de cerejas gordas. Café da manhã.

– Ocenovaiostadiss.

A voz de papai, abafada e espremida pelo isolamento das paredes. Por fim entendi: "Você não vai gostar disso." Vesti o jeans velho de Mal, meu guarda-roupa havia muito reforçado por sua renúncia a se vestir, e fui lentamente até a janela. Olhei e vi que ele não tinha se mexido.

Eu era o tremor medonho de mãos vermelhas esperando uma chibatada ao pensar que Lou podia ter ido embora. Peguei o cordão da cortina e a abri firmemente, como se eu fosse o senhor do pano de veludo vermelho, de seis metros de altura, em um palco de uma cidade onde o teatro era o prédio mais antigo. Como se meu cordão fosse uma grossa corda dourada que exigia as duas mãos e toda minha força para se desenrolar de sua roda grande no teto. Como se o que estivesse lá fora me esperando fosse a noite de estreia de um espetáculo, e eu e um Mal adormecido a plateia transbordando de uma expectativa quente e pegajosa, como uma doença.

Atrás do vidro, atrás da barraca de Lou na grama, havia outra. Desta vez grande, nos tons de azul e cinza de camping profissional, suas cordas tesas e postadas no chão como as pernas de um louva-a-deus, os pinos prateados e afiados brilhando como garras. Um homem de dentes verdes estava sentado na frente com a namorada. Preparavam salsichas em um fogareiro a gás, as chamas azuis dedilhando o fundo de uma panela enferrujada.

Cutuquei o joelho roliço de Mal com o dedo do pé esticado que espiava do buraco de uma meia que ele costumava usar.

– Que foi? – murmurou ele, um urso barbeado e zangado.

– Olha – disse, e gesticulei com o mesmo dedo, como se fosse um dedo enrijecido. Ele seguiu a linha de sua unha até a vista.

É assim que os assentamentos se tornam povoados, que se tornam aldeias, que se tornam cidades. Aportam junto a um rio maior. Ficam onde existe ação, comida e motivos. Mal. Poeira, rochas e cometas apanhados no caminho de um cometa que disparava para lugar nenhum.

– E o que você pensa disso? – perguntei.

A luz da janela bateu em seu rosto em vigas douradas e fez suas pupilas se expandirem e se retraírem em círculos perfeitos.

– Não tem nada a ver comigo – disse ele.

– Tem tudo a ver com você, Mal. Por isso eles estão aqui. Por sua causa.

– E podem ir embora, se quiserem.

Ele se virou, suas costas nuas e brancas, manchadas de borrões vermelhos e as cabeças escurecidas da sujeira bem enterrada, de frente para a janela.

– E você também – disse ele.

Quando cheguei do trabalho, com a crosta de sangue seco de cordeiro como um xale nos ombros, a segunda barraca se fora, junto com sua diversão. E com a armadilha sendo aberta, viria a oportunidade de mancar para longe dali.

57

O Dia Três Mil Cento e Oitenta e Cinco, segundo o display na parede, começou como sempre. Mal, maior ainda do que ontem. Comida. Trabalho. Red Ted. Falando continuamente daquelas duas balizas da masculinidade, o futebol e a carne. Nunca pensei que seria açougueiro aos 31 anos, mas eu era bom, muito bom. Pensei em abrir minha própria loja um dia. Eu combatia a inércia que me obstava e não vencia. Depois, casa.

Red Ted parou habilidosamente junto à calçada na frente de nossa casa. A barraca de Lou era iluminada pela luz de segurança que papai instalou no telhado. Saí do carro velho e acabado de Ted e andei até lá.

Quando cheguei, vi espalhados em volta dela farrapos de plástico preto e brilhante e envelopes rasgados apressadamente em dois, como os presentes devem ser abertos – com as garras animadas de uma criança. Dentro havia mais quatro sacos, seu conteúdo por todo o chão da barraca, como um colchão macio de papel. E em meio a isso Lou estava sentada em um trono de letras bonitas e boa vontade.

– O que está havendo? – eu disse, embora meu rosto tivesse perguntado primeiro. – O que está fazendo aqui?

– Oi! – Ela estava radiante. Só pretendia cumprimentar. Não a via assim feliz havia mais de 3.185 dias. Ela ficava ótima quando estava feliz. – Adivinha só.

– O quê?

– Sua mãe foi ao banco hoje.

– Ela nem mesmo tem conta aqui – disse.

– Eu sei.

– O que ela queria? Por favor, diga que não é um empréstimo. Se ela quer um empréstimo, pode ficar com um dos meus. Tenho muitos.

– Duas coisas. Disse agora que tantas cartas continuam chegando; bom, não tem sentido lutar mais. – Esperei que ela dissesse que tinha entrado para ver Mal, mas ela não disse e fiquei aliviado. – Ela queria saber se eu gostaria de ajudar.

– E por que hoje? Ela jamais quis ajuda nenhuma – eu disse, sentando-me dentro da barraca, cruzando as pernas como se fosse uma criança ouvindo um livro lido em aula e curvando-me para um saco inchado de cartas.

– Acho que ficou tudo grande demais.

– Mal?

– Tudo. Ela disse que não tem mais espaço, nem tempo. Então vou ajudá-la a responder algumas cartas.

– Você é louca – eu disse.

Parecia-me que ela escapara de uma maré alta só para ser despedaçada numa correnteza violenta.

– Por quê? – disse ela.

– Está falando sério? – Eu me encolhi, ansioso por não parecer tão negativo.

– Sim, claro que sim. Por que não estaria?

Defensiva. Desconfortável.

– Não – gaguejei e mordi meu lábio e minha opinião. – Não tem motivo nenhum. Acho que está tudo bem. É ótimo, acho ótimo.

Pelos duendes do Papai Noel. Pensei no relacionamento entre gordos e quantidades imensas de correspondência e me perguntei o que dava nisso.

– Sim – disse ela, a pureza de sua alegria inabalável massageando meu cinismo ferido e sensível.

– Sim, é – eu disse.

E então ela se refez.

– E ela queria que eu conversasse com você.

Senti que tinha sido desligado da tomada.

Ela mexeu numa pilha de papéis no colo, procurando uma coisa, e tamborilei, tenso, os dedos em minha coxa, chafurdando em minha inutilidade. Desenhei pequenos triângulos com o polegar na rótula. Lou achou o que procurava.

– Olha – disse ela, metendo outro envelope rasgado em minha mão, de onde pendia uma carta.

O selo vermelho e azul era americano, as palavras claramente impressas "AIR MAIL" dizendo-me que tinha viajado mais do que eu.

– O que é?

– É de uma mulher de Ohio. Ela leu sobre Malcolm num jornal. Não é esquisito?

Assenti e concordei, mas a coleção de selos de papai era liderada por um exército de Lincolns. Era representada por toda uma tropa de Edisons e flanqueada dos dois lados por Washington depois de Washington. A coleção de selos dele era um desfile de pais fundadores. Mal recebia cartas da América o tempo todo.

– Leia – disse ela, e eu li.

No Dia Três Mil Cento e Oitenta e Cinco, segundo o display na parede, li minha segunda carta de fã para Mal. A não ser que se contasse aquela que Lou me passou na escola quando tinha 12 anos, o que ultimamente não contava.

Prezados Sr. e Sra. Ede,

Ao contrário das outras, não era dirigida a Mal, uma abordagem singular numa carta de fã. Um bom presságio.

Meu nome é Norma Bee, e me identifico de todo coração com sua situação. Morei em um trailer em meu próprio quintal em Ohio, na América, porque meu marido engordou demais. Quero dizer que engordou muito mesmo. Meu marido chegou a 584 quilos. As pessoas que não o viam havia anos não podiam de maneira nenhuma reconhecê-lo depois do que ele se tornou.

Torci a cara em uma bola amarga e enrugada.
– Incrível, não é? – disse Lou.
– É horrível – respondi, mas não conseguia tirar os olhos dos garranchos francos e cativantes de Norma Bee. – A mamãe viu isso?
– Não.
Continuei lendo.

Isto pode lhe parecer estranho. Pode parecer bizarro, ou pervertido, até perturbador. Ou, como espero sinceramente, pode fazer algum sentido. Apesar de tudo, vou continuar. Só há seis semanas entrei no quarto do meu marido com uma pilha de panquecas de mirtilo, cobertas de xarope grosso de bordo e açúcar, e o encontrei morto. Ele sofreu um aneurisma e nem mesmo terminou o café da manhã de bacon, ovos e waffles. Ele podia comer vinte ovos numa sentada. Nossa casa é pequena, e à medida que meu marido crescia e precisava de um espaço cada vez maior, não me era mais possível morar ali confortavelmente com ele. E assim comecei a entrar em competições para ganhar um trailer. Entrava em todo tipo de concursos. Entrei em concursos de bolo, rifas e principalmente de pintura (adoro pintar e meu marido costumava ser meu tema preferido – eu o pintei mais de trinta vezes). Há sete anos, com uma pintura de meu amado Brian, finalmente venci um concurso. É um glorioso trailer Airstream com uma cozinha maravilhosa e é onde tenho morado desde então, usando-o para preparar as refeições para meu marido e para dormir sempre que tenho a oportunidade. Mas agora, é claro, não preciso mais dele. Desde que meu marido morreu, gosto de dormir em sua antiga cama. Ele ficou neste quarto por vinte anos e isso é o mais próximo que posso ficar dele. É com isto em mente que, depois de ler sobre vocês dois e seu filho Malcolm no jornal, penso em vocês. Gostaria de lhes oferecer meu pequeno trailer. Adoraria enviá-lo a vocês para que, se precisarem, ele possa continuar tendo para vocês o propósito que teve para mim.

Minhas informações de contato estão no verso desta carta.
Deus os abençoe,
Norma Bee, Akron, Ohio, EUA

Usei os dedos em pinça para vasculhar o envelope e tirar o que eu ainda sentia dentro dele. Duas polaroides caíram no meu colo. Eram lembranças de um enorme Sr. Bee. Rolos sobre rolos de pele sarapintada de preto. Sua cara se continuava em seios de gordura pendurados e uma barriga monolítica compreendendo lajes separadas de carne inchada. Em seu rosto havia um sorriso e nas mãos, dois bolos com chantili, brancos e fofos, como se ele tivesse chegado ao paraíso para cavoucar uma nuvem. E havia outra foto, dobrada em quatro. Lou a pegou e abriu lentamente, alisando suas pétalas e colocando-a aberta na minha frente, a foto de uma pintura a óleo primorosa de um trailer prateado aninhado em um gramado verde e brilhante, tendo ao fundo um céu azul, amplo e americano.

– Por que não? – perguntou Lou. – Não seria a primeira coisa insólita no seu gramado.

58

Mal estava surpreendentemente desperto no dia em que os pedreiros vieram demolir a parede que separava nosso quarto do quarto de meus pais. Ficou deitado ali e olhou com os lençóis encapando seu corpo, como uma grande morsa desajeitada saindo do mar. A poeira do reboco, despertada pelos martelos na alvenaria, fê-lo espirrar tanto que os lençóis caíram no chão, e o pedreiro fingiu não perceber.

Minha mãe não ficou convencida quando Lou lhe deu a carta de Ohio, recusando-se veementemente a ter alguma coisa a ver com a vidinha muito extraordinária de Norma Bee. Ela não via o próprio reflexo neste espelho. Além de tudo, isso a distraía do trabalho que tinha: Mal. Meu pai, por sua vez, abraçou a causa como seu projeto especial. Tinha amigos na marinha mercante, ele próprio enviara imensas estruturas de metal para o mundo todo, e os arregimentou para trazer o presente de Norma Bee a nós.

Papai pagou Red Ted para levá-lo à costa, aonde nossa grande cápsula metálica chegava em um imenso navio azul. Quando papai e Ted chegaram em casa, já havia um guindaste para erguer o trailer e colocá-lo na posição certa, e papai ficou na cabine com o condutor, extasiado com os sistemas de alavancas e combinações de roldanas e rodas. Formou-se uma multidão. Eu via com Lou o trailer balançar pelo ar como uma bola de demolição prateada e glamorosa, pegando o sol enquanto girava lentamente e virava, refletindo sua luz severa nos olhos de todos que vieram ver. Com uma lentidão cada vez maior, foi baixado ao chão. Um grupo de homens de casacos fluorescentes estava ali para guiá-lo com cuidado a seu lugar. Uma equipe de cinegrafistas se reuniu atrás do isolamento de fita de plástico amarelo cena de crime e filmou a coisa toda.

Por fim, quando tudo estava terminado e a multidão começava a se dispersar, encontrei papai, de mãos nos quadris, avaliando o terreno como um imperador em seu novo domínio. Em seus olhos havia um brilho de inventor maluco.

– Viu isso? – perguntou ele, pulando de um pé a outro como um lagarto. – É incrível. Viu o guindaste? Como levantou o peso todo deste trailer desse jeito? Nem mesmo era um guindaste grande! Olha, não se pode fazer isso com elevadores porque eles são estacionários, mas um guindaste conseguir pegar e mover uma coisa dessas, só com os cabos e rodas... Essencialmente, é claro, não passa disso. Bom, um guindaste ser capaz disso, e com tanta facilidade, é uma proe...

– Proeza da engenharia moderna – eu disse, fingindo um bocejo que ele não percebeu para divertir Lou, se não a mim mesmo.

– Sim, exatamente, uma proeza da engenharia moderna. Como eu adoraria fazer uma coisa assim. Incrível. Dá para imaginar?

– Não, pai – disse, no fundo feliz por me aquecer em sua imaginação de novo incitada. Muito tempo tinha se passado desde que seu corpo registrou uma afobação química tão febril. Eu quase podia vê-lo brilhar. Podia sentir TauTona começar a desbotar em seu rosto.

– É sério – disse ele, porque não sabia que eu o estava levando a sério e eu não sabia demonstrar. – Tudo é uma questão de peso e espaço, mas...

Ele se afastou, ainda falando, suas palavras um jato lento atrás dele.

Naquela noite, enquanto mamãe e papai se preparavam para dormir no trailer pela primeira vez, eu e Mal vimos suas silhuetas se mexendo dentro dele como em um espetáculo de marionetes vitoriano.

59

Eu já havia chegado do trabalho havia 10 minutos quando a campainha tocou. Lou estava ali com um sobretudo até os pés, a gola erguida ao rosto, os olhos empoleirados nele, redondo e pontudo nas extremidades, uma boca de gato. O calor de dentro da casa subia por ela.

– Ela morreu – disse ela.

– O quê?

Imagens de todas as mulheres que eu conhecia bruxulearam por minha mente. De Sal, que eu não via e em quem não pensava havia muito tempo. De minha mãe. Da Sra. Gee, cuja morte era provável. Foi assim, uma pequena lista de chamada.

– Minha mãe morreu. Ela morreu ontem à noite.

Ela ainda sorria, mas eu não conseguia ver sua boca. Meu estômago se revirou.

– Oh. – Estendi-lhe a mão, automaticamente, conciliatório. Ela a pegou, fechou a mão na minha como uma ostra. – Lamento muito – disse.

– Não lamente.

– Como soube? – perguntei.

Ela ainda segurava minha mão e passou o polegar mínimo pela borda fria e marcada de minhas articulações de açougueiro.

– Fui visitar meu pai esta manhã – disse ela, e baixou a cabeça pela primeira vez ao falar nele. – A primeira vez desde que me mudei para minha nova casa. Não conseguia abrir a porta, por causa da pilha de correspondência atrás dela. O carpete estava coberto de embalagens de comida e lixo, garrafas e cinzas.

Fedia. E ele estava no canto, na mesma poltrona, com as mesmas roupas. Vi que minha mãe tinha morrido. Eu soube. Mas sabe de uma coisa? Estou feliz por ela estar morta. Agora que ela se foi, ele está livre.

– Como? – eu disse, como se só soubesse uma palavra na vida.

– Câncer. – E vi isso no escuro dos olhos bonitos e satisfeitos de Lou.

Uma bolha se tornou um grumo, que se tornou um bolo, que se tornou um tumor agressivo em seu seio quente. Devorou-a com suas mandíbulas poderosas rapidamente, até que sua pele permaneceu como cabides para os ossos, e toda a luta que lhe restava era com seus próprios remorsos. Um tumor cármico. Desenrolou-se em minha imaginação como a bandeira de algum memorial. Em seu leito de morte, ela pediu para ver a filha, mas o recado de sua doença chegou tarde demais, incapaz de atravessar o enredo das relações que ela mesma criara e chegar a Lou a tempo de ela ir ao sanatório. Mas ela não teria ido mesmo. Como a mãe de Lou não estava presente quando a filha mais precisava dela, Lou se ausentou quando seu rosto era tudo o que a mãe mais precisava ver.

Eu imaginava a cena. Naqueles últimos instantes, ela colocou no pescoço a culpa dominadora por abdicar de sua responsabilidade materna, uma âncora que a arrastou ao fundo do mar com seu peso de pensamentos sombrios. E eu podia ver que isso deixava Lou satisfeita. Podia ver nela, que sorria para mim e soltava minha mão.

– Não posso terminar como o meu pai – disse ela. – Não posso deixar que Mal me leve com ele. Talvez seja hora de ir embora.

Então percebi que ela soltava minha mão, que a minha ainda estava agrilhoada a Mal e a dela se libertava. Tendo minha companheira de cela sido perdoada, retirei-me para o escuro do canto enquanto as grades batiam às suas costas. Queria correr atrás dela, rolar como um agente especial pelo espaço na porta. Mas eu estava cansado. Como sempre, havia em minha cabeça uma barreira invisível entre a oportunidade e a força que queria ter para agir. Cansado.

Mal já estava na cama havia 10 anos. Subi ao lado dele.

60

Já fazia um ano desde a morte, a carcaça em decomposição. A barraca continuava vazia, um pulmão desabado na grama amarelada. Quando a brisa baixa soprava do sudoeste, varrendo as paredes da lateral de nosso bangalô, a barraca respirava. Por cima de Mal, eu a olhava enquanto o display na parede tiquetaqueava.

Lou ligou para me ver no açougue. Ainda perguntava de Mal, mas cada vez menos. "Ele está bem", eu dizia, esvaziado pelo esforço. Ela me contava como as coisas iam no banco, sobre seus amigos, seu apartamento. Às vezes, falava em nomes de homens, homens que eu não conhecia.

Perguntou de minha vida. Se eu tinha conhecido alguém. Contei a verdade, e ela sorriu. Perguntei sobre seu pai, o que eu gostava de fazer, porque, quando Lou respondia, eu sabia mais dela. Suas palavras destilavam sentimentos por mim, talhavam-no em seu estado natural e puro de coração, como você se sente quando, numa cerimônia de premiação pela TV, uma jovem com queimaduras e a pele fina como de um tamborim é recompensada por reentrar na casa para acordar a mãe adormecida. Uma medalha por bravura e altruísmo fica pendurada em seu pescoço inflamado e calcinado. A plateia aplaude, perturbada e de repente pequena.

Ao tentar deixar Mal no passado, Lou concentrou seu amor. Fora dirigido para o pai. E assim, era como se ela tivesse desistido da busca da convenção, só o que podia fazê-la feliz eram as esperanças que um dia teve. Ela agora entendia o que Mal dissera naquela noite na praia. Por que, ela pensou, dedicar-se a encontrar o amor, o sucesso, a solvência – à vida que ela esperava criar em torno de si – se isso podia explodir tão espetacularmente? Ela não precisava de nenhum exemplo melhor de como uma vida levada de um jeito considerado correto ainda podia dar em nada mais do que a de seu próprio pai.

O primeiro mês, disse Lou, ela passou limpando a casa dele. Esfregando a fumaça das cortinas, tirando as cinzas das fibras do carpete. Passando xampu nos braços da poltrona onde ele se sentava, suas digitais sujas entranhadas.

No segundo mês, circulando nomes de clubes, sociedades, grupos, reuniões, centros e cursos no jornal local, sem esconder seu desespero para entusiasmá-lo.

– Mas eu não gosto de xadrez – resmungava ele.

– Não precisa gostar de xadrez, pai – dizia ela.

– Entrar para um clube de xadrez sem precisar gostar de xadrez?

– Não. É para conhecer gente, pessoas de mente semelhante.

– Não sei como vou conhecer gente que, como eu, não gosta de xadrez num clube de xadrez.

Aí estava, pensou ela, uma piada, um vislumbre. Ele estava ali, enterrado mas vivo. Cave.

– Não tem só o xadrez. Você pode fazer muitas outras coisas. – As opções pairavam sobre a cabeça dela como uma espada, cada golpe para baixo um centímetro mais perto do alvo. – Arco e flecha...

– Arco e flecha?

– Sim.

– Arco e flecha?

– Sim.

– Não.

– Vinificação? Ou pode aprender uma língua. Francês? Espanhol?

Lou aprumou um ouvido, como fazia quando esperava que você ficasse satisfeito.

– Espanhol? – disse seu pai. Ele não tirava os olhos da TV. – Não gosto da Espanha. Quente demais, porções estranhas.

– Você nunca foi à Espanha, pai. De qualquer modo, tem mais. Ferromodelismo? Não? Dançar salsa...

O volume na TV aumentava, tremendo um pouco nos alto-falantes. Tentaria novamente em outra ocasião. O sobrevivente fora localizado, o contato fora feito. Ela voltaria com uma escavadeira industrial. A escavação de seu pai começaria sem demora.

Isto, pensei, era o melhor tipo de amor. O mais corajoso, dado que não se pensava em si mesmo. Merecia medalhas também. Ela podia se ajoelhar, e eu passaria uma por sua cabeça, como um nó corrediço, e baixaria a seu pescoço liso e elegante. Por serviços prestados ao pai.

Ela me atualizava em capítulos junto ao balcão do açougue. Red Ted ficava atrás de mim, ouvindo. Ele nunca perguntou sobre ela, nem uma vez, depois que ela ia embora, mas também sonhava acordado com sua volta.

No terceiro, quarto e quinto meses, começou a reintegração de seu pai na sociedade. Lou planejou idas à cidade que evitavam as ruas de três pistas onde as placas erguidas na frente de propriedades traziam a cara do homem que arruinou a vida dele. O corretor de imóveis, seu ricto de papelão sempre presente.

No quarto e quinto meses, cada vez melhor.

No sexto mês, o pai de Lou foi ao supermercado sozinho. Ela chorou quando me contou. Ele comprou um pão integral e duas latas de feijão cozido.

Sétimo mês. Lou tirou o prato sujo da bandeja no colo dele e levou para a cozinha, colocando na bancada para lavar depois. Ele começara a ver os programas de TV a que ela queria assistir, estendendo a mão, uma raiz exploratória ousando uma carícia pela terra seca na busca pela água. Ela pegou o jornal na mesa, molhado e toldado pela tinta azul dos rabiscos do pai, floreados e incessantes, e abriu na página de comunidades.

– Boxe? Não, não, nada de boxe. Não quero você aprendendo boxe.

– Eu perderia minhas belas feições. – Ele riu.

– Exatamente – disse ela. – Arte floral?

– Arranjos florais? Eu podia muito bem aprender a fazer partos.

– Tudo bem – disse ela –; parteiro?

– Não.

Depois a mão ensanguentada pelo combate forçou passagem pelos destroços e os escombros. Fechou-se no pulso de Lou, desesperada para ser salva.

– Desenho de modelo vivo? – perguntou ela.

Ele pensou por um instante, girou a caneta nos dedos, uma baliza animada.

– Sim – disse ele –, por que não?

Ela olhou em volta, o entulho pesado finalmente se fora, e abraçou o pai. Ele sobrevivera.

Na primeira vez, no oitavo mês, eles foram juntos. Na igreja, sob o gel de lava-lamp criado pelo sol nos vitrais, uma mulher se despiu. Seus pés eram mínimos e quadrados, as bochechas frescas e rosadas, o cabelo castanho, na altura dos ombros, despenteado, bom. Ela lembrava o pai de Lou das mulheres de madeira que saíam com raiva de seu relógio suíço 24 vezes ao dia, enfurecidas, ele gostava de fingir, por nunca terem mais de uma hora de sono. A modelo disse que seu nome era Rebecca Mar, depois se deitou no sofá providenciado pelo vigário, nua e gentil. O pai de Lou pegou o lápis e desenhou, logo percebendo que podia fechar os olhos e ainda assim continuar. Ele memorizou a forma da mulher prontamente.

No nono mês, ele foi sozinho, com um pacote de grafite novo e caro no bolso. Olhou o corpo compacto de Rebecca Mar, os músculos e a carne lindamente comprimidos como numa estatueta. Ele a desenhou na página. Ela amarrou o roupão na cintura. Ele se demorou, guardando suas coisas. O vigário saiu, eles se beijaram perto do altar de pedra.

Encostada na parede no estacionamento na frente do açougue, Lou chorou, eu a abraçava.

– Ele chegou em casa um novo homem – disse ela.

– Legal que o renascimento tenha acontecido na igreja. – Sorri.

Na casa dela, a parede do quarto de hóspedes estava enfeitada com desenhos de Rebecca Mar nua. Esta homenagem a ela tinha um arco narrativo único. Ao se ramificar da esquerda para a direita, a ordem cronológica e o método que o pai adotara para prendê-los na parede, a mudança era explícita.

– Dá para ver que papai desenhou cada vez melhor a cada imagem – disse Lou – e Rebecca ficou mais feliz a cada desenho.

Décimo segundo mês. Rebecca Mar guardou seus pertences naquele mesmo quarto no dia em que se mudou para a casa do pai de Lou, que passou aspirador, preparou o jantar e recompensou o fervor pio da filha tornando-a mais feliz do que eu já vira. Isso me fez amá-la ainda mais.

– Amanhã voltarei à loja – diz ela. – Andei pensando.

61

Meu coração deu uma pirueta quando ela me fez a pergunta. Girou e disparou, recusando-se a reduzir o ritmo, como se nenhuma força fosse suficiente para impedi-lo. Este era o sentimento, eu agora sabia, de chegar perto dos desejos de seu coração.

Estávamos na frente da vitrine do açougue, eu e Lou. A vitrine exibia costeletas e bifes, carne moída e filés, modelados e divididos por uma delicada grama sintética e flores mínimas que fingiam estar vivas. Trabalho meu de manhã. Eu estava coberto de sangue e flocos de neve branca onde espirrara pelo tecido azul de meu avental o alvejante que Ted usara para lavar seu cepo sangrento. E eu precisava que ela repetisse, dissesse isso de novo, mas que não parecesse tão desesperadamente que aquelas eram palavras que eu desejava ao máximo ouvir. Levei o punho à boca e tossi em sua cabeça de microfone porque parecia minha vez de produzir algum som.

– Como? – sufoquei.

Parecia que eu sairia do chão se não concentrasse todo o peso de meu corpo em dois trechos do tamanho de uma moeda nas solas dos pés, bem no meio, abaixo dos sapatos. Eles queimavam enquanto eu fazia isso.

– Você vai comigo? – disse ela de novo, e eu pude ver, pela ruguinha que formava uma dobra acima de seu primoroso queixo, que ela falava sério.

– Claro que vou – eu disse.

Eu a teria abraçado se não a cobrisse numa explosão clara de tripas de porco.

– Então está combinado. Vamos para Ohio. Vamos visitar Norma Bee. E o mundo de ofertas de imóveis e gestão de vendas da morta pode pagar por tudo. Papai pode ter o dinheiro que precisa para viver. O resto é o que vamos usar para fugir.

Lou manteve contato com Norma Bee desde que ela mandou a carta sobre o trailer. Elas se escreviam regularmente. Em Norma Bee, apesar da distância, Lou encontrou uma fonte de conselhos, mais amistosa do que maternal, mas ainda assim maternal – mas isso nunca ocorreria a Lou. Norma Bee entendia de coisas, coisas prescientes, na vida de Lou. O fato de que não se conhecessem tornava mais fácil engolir seus conselhos, como se ouve um professor, mas não um pai, que lhe diz para calar a boca. Graças a Brian Bee, ela compreendia o peso de Mal. Graças a Brian Bee, ela compreendia o medo sombrio do pai de Lou.

Resgatando o pai quando não podia resgatar Mal, Lou sentiu que tinha expiado. Menos uma pessoa desistia da vida. Eu não duvidava de que ela ainda amava Mal, mas finalmente estava se libertando. Esperei muito tempo, e agora que suas mãos estavam livres, eu a via cortar as cordas que prendiam as minhas.

Pensei no motivo para eu nunca ter entrado num avião.

– Então vamos assim que for possível – disse ela, colocando a mão no meu pescoço para me puxar para mais perto e dar um beijo na pele picante do meu rosto.

Ela derrubou meu gorro de açougueiro na brisa e na rua movimentada. Depois se virou, com o cabelo saltitando pela cabeça como um chicote louco, obedientemente seguindo-a pela rua. Eu a olhei o tempo todo.

De volta à loja, encontrei Red Ted polindo ganchos de carne com um pano branco e grosso. A água quente em que estava ensopado se condensava no ar ao tocar o metal frio. Ele nem mesmo se virou. Trabalhamos juntos por tanto tempo que nossos movimentos eram sincronizados, nossa consciência espacial do outro, sintonizada, como os patos que seguem patos em linhas de um jeito sobrenatural. Era assim que evitávamos facas errantes e cutelos erguidos.

– Ted – eu disse –, vou embora. Vou para a América. Com Lou.

– Tudo bem – disse ele.

– Legal.

Meu perdão tinha chegado.

62

Formulei uma estranha vingança naquela noite em minha cama, ouvindo o ronco entorpecente de Mal. Decidi não contar a ele que logo eu iria embora com Lou. Em vez disso, pensei em como devia ser dormir num quarto diferente. Virar-me para uma cara diferente, e não a empada cinzenta que tinha diante de mim. A dela. Ver um teto diferente.

Nos dias que se seguiram, coloquei minhas posses disfarçadamente em uma mala que mantinha embaixo da cama e que só pegava quando Mal estava dormindo, papai no sótão e minha mãe vigiando uma ou outra panela fervente. Desencavei o passaporte que eu tinha, mas nunca usei e assinei os documentos para o visto que Lou organizou. Sem saber quanto tempo levaríamos para ir embora, guardei com cuidado tudo o que possuía. Logo a mala estava abarrotada, transbordando pelas laterais, rasgando-se e esticando nas costuras. Sentei-me nela e usei um dedo para empurrar as roupas para dentro, parando, frustrado, sempre que o zíper se abria, imaginando que estava escarranchado em Mal, cutucando suas entranhas que pendiam pelo carpete, pegajosas, recolhendo poeira.

Passaram-se semanas e semanas murchas, e, quando chegou a terça-feira de nosso voo, eu ainda não tinha contado a ninguém sobre minha partida, além de Red Ted. Ao nascer do sol, escrevi um bilhetinho para papai explicando que Lou e eu tínhamos saído de férias, que queria que ele cuidasse de mamãe e de Mal, se ela deixasse, e o coloquei na fresta fina entre a entrada para seu sótão e o teto, onde o bilhete ficou. Depois, com pressa para sair antes de mamãe trazer um café da manhã inglês assoviando de quente, peguei minha mala e saí em silêncio. Mal recebeu um olhar de despedida. Andei até o táxi que esperava na ponta da rua, fora de vista.

– Você é o irmão dele, não é? – perguntou-me o taxista.
– De quem? – eu disse.
– De Malcolm Ede.
– Sim.

Como eu tinha aquela insônia efervescente da noite de véspera de um casamento, esperei inquieto até que pegamos Lou, que acenava perto do pai e de Rebecca Mar, parados ali de roupão, depois contei ao taxista o que aconteceu na última vez que fomos ao aeroporto. Os dois riram, lembrando-me de que eu podia falar quando estava com vontade. Meus obstáculos costumavam ser só meus.

Logo estávamos pagando, o taxista apertou minha mão. Colocamos nossas duas malas em um carrinho de metal deformado e segui Lou pelo aeroporto, passando pela rotina que achei ao mesmo tempo frenética e tranquilizadora de preparação para embarcar no avião.

Dentro dele, o homem do outro lado do corredor torceu-se no banco e disse:

– Com licença, você não é...?

Então virei a cabeça, curvei-me sobre o colo de Lou e olhei pela janela, querendo ver o mundo sumir de vista.

O arranque do motor na pista fixou meu corpo em concreto e prendeu minha nuca no banco. Nem percebi que estava amassando o pulso pequeno e lindo de Lou, virando sua pele branca e elegante. Os músculos de minha perna enrijeceram até virarem uma cerca de tela instável com câimbras enquanto nos movíamos cada vez mais rápido, e a cada segundo meu corpo conquistava um novo território. Mil pés. Dois mil pés. Três mil pés mais distante de casa do que já estive. Subindo a cem quilômetros por hora, movido a fogo, deixando minha órbita. Eu era levado pelo ar, um feitiço rompido e uma maldição suspensa. A maquinaria fazia barulhos enquanto as rodas eram recolhidas. Eu rompia a atracação. Deixava minha doca. Não era o irmão de ninguém no meio do céu.

Vi os penhascos brancos da costa inglesa e me lembrei quando papai me disse por que eram dessa cor. Bilhões de anos de ossos, disse ele. Trilhões de vidas, todos os esqueletos do mar, levados pelas marés, sofrendo o impacto das ondas. Pressão mais tempo dá giz. Incrível. Pressão suficiente por tempo suficiente sempre dará alguma coisa nova.

63

Dia Sete Mil Quatrocentos e Oitenta e Três, segundo o display na parede.

Depois da comoção, o barulho aos poucos se dissipa lá fora, a multidão que tinha se reunido para ver a entrevista de Mal a Ray Darling volta para casa. Espio pela cortina ressuscitada e vejo que ainda restam alguns. Pergunto-me onde Lou foi neste período antes de nos encontrarmos.

Ouço papai, de volta ao sótão, o tinido de metais enquanto ele ataca esta última criação com uma urgência nova e peculiar. As vibrações fazem o metal em minhas pernas zumbir notas alegres. Bate e ressoa, tilinta e se choca. Os painéis do teto se sacodem como se meu pai pudesse cair por eles.

– O que ele está fazendo lá em cima? – digo, convencido de que, se ele cair pelo teto, vai pousar em mim, e não no homem de seiscentos quilos confortavelmente esparramado pelo quarto como um imenso trampolim cor-de-rosa.

– Não sei – diz Mal, com um leve dar de seus ombros quase imperceptíveis. Eu me pergunto, se ele fosse aberto, de que cor seria sua gordura? Decido pela cor de cogumelo seco.

O arrastar familiar dos chinelos de minha mãe chega com seu tcha tcha tcha pela porta. Na mão, ela tem o kit de primeiros socorros em uma lancheira de plástico verde. Ela a coloca no chão ao lado da cama de Mal e, como uma ajudante de mágico, puxa um lenço umedecido antisséptico de um bolsinho. Com pancadinhas mínimas e forenses, ela unta a rede de arranhões vermelhos que as mãos desesperadas de Ray Darling abriram na pele de Mal. Ele nem pisca da ardência do antisséptico, suas terminações nervosas há muito dessensibilizadas pelo turbilhão de estiramento que o ganho de peso inflige ao corpo.

Um baque imenso de cima faz minha mãe pular. Ela canaliza seu susto ao espremer com alguma força o tubo de creme emoliente que tem na mão, com o qual pretende lubrificar a virilha cadavérica de Mal. Um jato dele é expelido com uma velocidade surpreendente e deixa uma trilha escorregadia na barriga de Mal, atravessando suas glândulas caídas a caminho da boca.

– Oh – diz mamãe –, o que ele está fazendo lá?

– Não sei – digo, rindo.

Vejo Mal unir os olhos mínimos. Eles afundam no prato grosso de seu rosto com o gosto desagradável do creme.

– Olha o que eu fiz por causa dele! – exclama ela.

Rio mais um pouco.

– O que ele acha que está fazendo?

– Não sei – repetimos Mal e eu, juntos.

Espero que, seja o que for, o esteja salvando.

64

Meus olhos estão grudentos. Arrasto-me num passo lento de zumbi pós-luta para a serpente de metal interminável do carrossel. As cores das placas parecem brilhar demais. O amarelo americano era um amarelo mais verdadeiro, o azul americano, mais franco, e o verde americano, mais claro. Tudo parecia novo, grande e sem medo de falar com você. Fomos conduzidos por ali com instruções educadas dadas de jeito tão formulaico que chegava a não ser nada educado, e nos vimos dormitando por uma porta automática que se abria como asas tecidas com metal. Lou segurava meu cotovelo. Parecia tradicional, cavalheiresco e bom. Sem saber o que procurava, fingi um andar confiante, na esperança de que a multidão expectante de entes queridos percebesse meu andar antes de ver meus olhos percorrendo suas placas. Fomos para o final da fila, onde fugimos das pessoas, os tampinhas de nosso voo. Olhei as pessoas que reconheci do avião jogando sacos no chão enquanto braços que não viam havia algum tempo voavam em volta delas. Abraços explodiam em gritos animados.

– Com licença.

Um sotaque, novo e agradável a nossos ouvidos, como se banhar ao som de uma barriga feliz. Juntos, giramos nos calcanhares, onde uma placa escrita em batom vermelho empolava na face interna de uma caixa de cereais e dizia simplesmente "Lou". Em volta dela, unhas do mesmo vermelho da placa de Pare. Grudavam-se feito mariscos a dedos enfeitados com grupos de anéis dourados. Discos, faixas e pedras preciosas. Anéis com nomes, anéis com rostos. Moviam-se em volta e por cima uns dos outros, uma colmeia movimentada de vespas reluzentes. Nossos olhos não paravam, deslizando dois braços lisos e pretos até Norma Bee. Seu sorriso era um piano de cauda, o riso, de uma diva grandiloquente. Tinha curvas perigosas do pescoço para baixo, acima de seus peitos imensos, saindo em gloriosos rolos pelos quadris. Tinha uma imensa quantidade de joias a sua volta, e seu cabelo louro brilhante se dividia em cachos mínimos e encrespados.

Ela nos pegou nos braços e riu um pouco mais, beijando-nos, deixando trilhas de vermelho por nossos rostos. Nós nos enroscamos e rolamos em seu calor autêntico.

– Lou. E Sr. Ede, imagino? – disse ela o melhor que pôde. – Estava esperando por vocês. Agora vamos comer.

Nós a seguimos, por mais portas, ao asfalto. Chegamos ao carro e ela falava conosco, eu mal entendia metade do que dizia, sem me concentrar. Lou assentia, não tínhamos senso de orientação.

– Tiveram um bom voo? – disse ela. – Então, eu estava ansiosa por sua visita. Preparei as camas para vocês.

Camas. No plural. Nossa estada foi precedida por uma carta explicativa, pensei. Não estávamos juntos, não na cabeça de Norma Bee ou de Lou. Só na minha.

O carro dela era imenso. Largo e cheio de ar frio e limpo. Na traseira, eu tinha espaço para esticar as pernas sem que elas tocassem a porta, e o couro era novo e pungente. Eu o respirei, limpando minha cabeça sonolenta. Enquanto Lou e Norma Bee batiam papo na frente, sobre Mal, a Inglaterra, as barracas, gordura, açougue, trailers, minha mãe e meu pai, eu era bombardeado pela janela pelo sol de Ohio. Era difícil pensar ser o mesmo sol. O céu na América parecia muito mais distante, as estradas de onde você o via eram mais largas, os olhos com que o via, mais tingidos. Vi a América sobre a qual eu e Mal aprendemos em programas noturnos na TV. Hidrantes vermelho-bombeiro. Sinais de trânsito suspensos. Vapor. Sentia-me menor a cada esquina. Mais visões novas em uma jornada do que numa vida inteira. Seguíamos cada vez mais rápido ao sairmos de Cleveland, afastando-nos mais de lojas e outdoors, por distâncias cada vez maiores, até que logo havia pouco em volta de nós além da estrada. Depois as pistas se multiplicaram, sinuosas como um lenço no pescoço de uma nova cidade no horizonte. O calor seco absorvia as impressões úmidas em minhas costas e, quando chegamos à casa de Norma Bee, nos arredores de Akron, minha camisa branca engrouvinhada.

– Chegamos – disse Norma Bee, parada no meio do retângulo irregular de grama onde o trailer antigamente lançava sua sombra. – Lar, doce lar.

Era uma construção pequena, com uma boa distância dos vizinhos dos dois lados, degraus de madeira grossos que levavam a uma varanda ínfima e por uma porta de tela suja para a casa. Dentro dela, um cachorrinho latiu e arreganhou os dentes até Norma o tranquilizar que estava tudo bem e ele subir em seu cesto, roendo um osso com duas vezes o seu tamanho.

– Olha, não tem muito espaço, então vamos nos virar – disse Norma.

O interior da casa tinha sido parcialmente demolido para dar espaço ao marido morto. Encontrei uma cama de armar fechada no hall. Embora ela aparentasse pouco mais do que os destroços de uma colisão entre algumas molas tortas de metal e uma pilha de trapos tecidos, eu ansiava por meu próprio quarto. Coloquei minhas roupas nas gavetas que ela providenciara em armários grandes e pesados. Havia camisas e calças ali que não tinham mais nenhum propósito. Enormes e feitas sob medida, algumas tinham a circunferência daqueles tanques de água imensos que o exército instala quando há enchentes. Havia cinturas para palhaços e peitos para ursos. Havia golas que caberiam numa Esfinge e blusões tão largos que era possível esconder uma criança neles. E pensei que era estranho eu não estar acostumado à visão de roupas gargantuescas, porque Mal ficava sempre nu.

Quando terminamos de desfazer as malas, era o início da noite e um bufê próprio para um herói que voltava da guerra coroava a mesa na varanda. Ficamos sentados ali a noite toda, relaxados e calmos, o céu um azul trovão, mas claro e tranquilo, iluminado por estrelas de boate e as luzes piscantes de aviões muito distantes. Além do latido do cachorro para quem passava de carro, não havia nada. Fui banido da tempestade e era lindo. Comemos frango tostado e costeletas carameladas, bebemos vinho tinto até arrastarmos nossas palavras como marionetes mal controladas. Depois fomos dormir. Foi quando decidi que Lou seria minha aqui.

65

Acordei com o cachorro lambendo minha cara, sua língua como um pedaço de presunto. Seus olhos eram grandes demais para o crânio, duas bolas de bilhar dentro de um melão. Horrível. Lou entrou logo em seguida de pijama cor-de-rosa, carregando uma xícara de café fumegante, com uma aparência sexy de início de manhã, toda desgrenhada. Depois de tomarmos banho, comemos um café da manhã imenso. Havia combinações de variedades de bacon e ovos e cebolas e batatas. Condimentos lustrosos em tubos que apertamos como jogos de pintura para crianças. Havia infindáveis sucos gelados de frutas cítricas. Nada parecia se esvaziar. Depois de comermos, fomos às lojas na cidade, para nos abastecer de mantimentos, e aproveitei a breve oportunidade para ligar para casa.

– Pode usar meu telefone – disse Norma Bee.

Considerei não usar por educação, mas não sei por quê.

Ele soou com um toque estranho por muito tempo, um novo bipe.

Papai atendeu. Estava sem fôlego, aquele ofegar agudo que nos lembra da velhice de um homem.

– Alô – eu disse, como o cachorro de Norma repreendido por rosnar, de orelhas baixas, os olhos no chão, abanando meu rabo.

– Alô – respondeu ele. Sem críticas. Às vezes, me esquecia da idade que tinha. – Estava me perguntando mesmo quando você ia telefonar. Onde está?

– Em Ohio. De onde veio o trailer.

– Ah – diz ele. – Puxa vida. Foi uma longa viagem. Pensei que talvez quisesse dizer a praia. – Ele gostava que um de nós tivesse escapado, eu podia ouvir isso em seu ofegar. – Com a Lou?

– Sim.

– É? Puxa vida.

Minha cara ficou do escarlate do manto de um ilusionista e peguei o reflexo dela no revestimento de metal do telefone. Pelo vidro, eu podia ver Norma Bee e Lou levarem para o carro sacos tortos de papel pardo, cheios de caixas e pacotes, cores e marcas estranhos.

– Quanto tempo vai ficar aí? – perguntou ele.

– Não sei São só umas férias, mas vamos ver. Aqui é bom. Tranquilo. Você ia gostar, pai, sabia?

– Não sei não – disse ele, tristonho –, mas imagino que você tenha razão.

Detectei a vibração de mágoa, que era como a inveja soava na voz de um pai.

– Muito bem, filho – disse ele.

Despedi-me com os apitos anunciando o término de meu tempo e fiquei parado naquela cabine telefônica como um neandertal suspenso dentro de um cubo de gelo.

– Qual é o problema? – perguntou Lou enquanto eu voltava para o carro.

– Nenhum – disse.

O dinheiro de Lou, tudo o que sobrou dos restos terrenos da mãe, era lentamente torrado aqui. Levamos Norma para jantares. À noite, bebíamos seu vinho caseiro e preparávamos imensas refeições juntos. Era quando nos sentávamos e conversávamos sobre Brian Bee, ou sobre Malcolm Ede. Sentia que Lou e Norma Bee tinham perdido uma parte idêntica delas mesmas. E na maior parte das noites eu me recostava em uma imensa cadeira na varanda com o cachorro enroscado em meu colo. Ouvia o lá e cá terapêutico das duas, afagando asperamente a cabeça peluda do sabujo, como ele gostava. À medida que o padrão era mantido, mais à vontade ficávamos.

Arranjei um emprego no açougue da cidade. O dono ficou impressionado com meu trabalho com a faca, como o osso ficava limpo quando eu preparava a carne. Contei-lhe um pouco de Red Ted, mas ele nunca me fez pergunta nenhuma. Em vez disso, ouvia o basquete no rádio, contando de memória os destaques dos comentários de seus jogos preferidos na história. Ele chamava a todos pelas iniciais. Eu devia chamá-lo de GDF, como todos os outros faziam, e ele me disse que isso significava um monte de coisas diferentes. Nunca soube se era verdade.

Numa noite, fomos jantar na casa de GDF, e assim pude conhecer sua família.

– Você deve ser a Sra. Ede – disse ele a Lou.

Ela meteu o cabelo atrás da orelha, franziu a ponta do nariz e riu.

– Devo ser – disse ela.

GDF deu um tapa na coxa. A mulher dele entrou na sala, com as luvas de cozinha formando almofadas quentes em suas mãos.

– Você deve ser a Sra. GDF – eu disse.

Ela disse que era. A Sra. GDF trabalhava no banco. Ela e Lou conversaram enquanto GDF e eu víamos basquete na TV. Na segunda-feira seguinte, Lou começou a trabalhar. Norma Bee disse que, se estivéssemos gostando, poderíamos ficar pelo tempo que quiséssemos.

– Não queremos atrapalhar – disse.

– Convivi com homens muito maiores do que você – disse Norma Bee, seu riso alcançando cada cômodo da casa.

Semanas e meses se passaram, cada hora mais lenta do que a anterior, mas cada aniversário vinha com o que parecia uma frequência cada vez maior. Lou e eu ficamos ainda mais próximos, meu coração amoroso, contente com nosso par. Nosso humor e nossos movimentos se entrelaçavam, eu era um jardineiro regando a semente que plantara havia muito tempo, vendo que começava a sair da terra. Ficamos tão próximos que Norma Bee perguntou se podia pintar nosso retrato juntos. Concordamos, e noite após noite, na varanda, ela nos traçava em seu cavalete, os passarinhos fugindo das árvores pelo jardim sempre que ela soltava seu riso de trovão no céu negro e ele ricocheteava na lua. Lou disse que pensava nos desenhos do pai.

Norma Bee estava ao cavalete, sombreando, dando forma e colorindo uma manhã, quando, ao me levantar da cama, disse em seu sotaque delicioso:

– Venha, fiz seu café da manhã.

Quando chegou à mesa, Lou descobriu que eu já lhe servira o suco de laranja com pedaços, como lhe agradava. Ela se sentou a meu lado e quis que a lembrança de Mal vazasse dela para o chão. Estávamos tranquilos em uma nova inércia, confortável e impassível. Eu não queria fazer com que acordássemos, caso isso a impedisse de voltar a dormir. Eu voltaria facilmente.

66

Mal fazia quarenta anos, eu me lembrava. Quinze anos na cama. Comprei um cartão de aniversário para ele com um macaco, pendurado de cabeça para baixo, com um chapéu cônico brilhante. Ele fumava um charuto, o que não devia fazer, e seus dentes eram cor de malva. No jantar, coloquei-o na mesa com uma caneta, sua ponta uma cunha oleosa. Escrevi: "Feliz aniversário, Mal." Norma desenhou dois pés carnudos se projetando de uma colcha e assinou com uma curva e um salto. Fui até o cachorro e, quando voltei, o envelope estava selado, a caneta em seu porta-lápis. Mais tarde, o ergui ao sol para tentar ler o que Lou escrevera, mas as linhas eram espremidas pelas chapas grossas do cartão. Prometi colocar no correio no dia seguinte e pensei em abrir o envelope com vapor. Mas não abri. Pelo resto da noite, conversamos sobre a Inglaterra e o pouco que podia ter mudado nos quatro anos que se passaram. Eles estavam tão suspensos no tempo quanto nós.

– Como está seu pai, Lou? – perguntou Norma Bee.

– Feliz – disse ela, feliz também com a ideia.

– E sua mãe?

– Minha mãe? – eu disse, demorando a lembrar que a mãe de Lou estava morta, de tão pouco que se falava dela.

– Sim. Como está sua mãe?

Levei um banho de tristeza. Eu não pensava tanto nela como deveria, não muito.

– Bem – eu disse, mas com apenas metade do coração.

– Acha mesmo? – disse Lou.

Pelo tom de Lou, meu gênio se inflamou, a coceira antes de um inchaço.

– Sim.

– Ter síndrome de Estocolmo é estar bem?

A coceira avermelhou e fez bolha.

– O quê?

– Os reféns ficam satisfeitos porque têm um teto sobre a cabeça e roupas secas. Isso não quer dizer que estejam bem.

– Não está realmente qualificada para comentar, Lou – rebati.

Surpresa, ela mexeu na cadeira. Eu queria remediar isso em um instante, mas em meu íntimo começou um cântico que não diminuía, e a culpa que eu colocava aos pés dela por ser livre, mas ainda não ser minha intrometeu-se quente e colérica em meus lábios.

– Você não partiu. Não é assim tão fácil, é?

– Mas parti, sim! – disse ela, estridente e espigada. O grito do fogo de artifício.

– Talvez não seja uma questão de geografia! – A explosão no ar.

– Meninos! – disse Norma Bee, a conciliação. Os arrulhos da multidão com a chama no céu.

Lou se calou com o olhar fixo nos joelhos. A relação sempre foi rixenta, de minha mãe com ela. Nenhuma das duas entendia o que tinham em comum, gêmeas para sempre, sempre ao alcance. As duas o amavam. Então falo a Lou e Norma Bee sobre mamãe.

Minha mãe morou naquele bangalô a vida toda, como eu, até os 36 anos. O pai dela foi embora quando ela era nova. Eu sabia mais de minha avó, debilitada pela senilidade. Ela ainda estava viva quando formei minhas primeiras lembranças, quando as dela começavam a se dissipar. Suas vias nervosas eram uma estrada esburacada.

Minha mãe cuidou dela inteiramente pelo que restava de sua vida. Eu me lembrava de mamãe ajoelhada no chão, com os pés da vovó no colo, lavando seus calos sensíveis em água com sabonete. Vendo a cera da vela debilitada da mãe decompor-se a nada. Suas últimas palavras a mamãe já foram ditas, o último aplauso de sua mente: "Você tem sido realmente adorável."

– O que ela quer é cuidar das pessoas. Não sei se ela sabe o que mais pode fazer – eu disse.

Ela e Lou não sabiam o quanto eram parecidas.

Lou pegou sua cadeira e colocou-a a meu lado. Deu um beijo em minha orelha.

– Desculpe – disse ela. – Não pretendia que fosse assim.

Entrelacei os dedos nos dela como uma planta carnívora fechando suas mandíbulas.

– Está tudo bem – respondi.

Norma Bee olhou as nuvens circularem. Abutres no ar.

Minha mãe, Norma Bee e Lou eram iguais para mim. Mas uma tinha foco, a outra perdera o dela, e a terceira ainda precisava descobri-lo. Apesar de ele estar bem ao seu lado, e ela apertasse sua mão com mais força ainda. Sabia que ela pensava nele. Mal ainda estava entre nós, o espaço entre ímãs. Mas eu os separava à força.

67

E então chegou uma carta, para Lou, seu selo duro e britânico. Dentro do envelope havia um esboço de uma Rebecca Mar nua. Segurava uma capa de seda esmeralda, uma ponta em cada mão, presa a cada ombro. Tirando isso, estava nua. Redes de uma sombra intensa batiam em seus seios. Tons de cinza mais claros caíam em triângulos em sua barriga, dando-lhe aquela forma quadrada de meia-idade, quando o músculo reluta em endurecer. Ela estava de pé na soleira da porta da cozinha do pai de Lou e atrás dela as flores no jardim esticavam-se para roçar nas vespas.

Querida Lou, dizia no verso, o garrancho preto e enredado, expandindo borrões de uma caneta feita para a escrita.

É o seu pai. Obviamente. Espero que os dois ainda estejam bem por aí. Devo aparecer para uma visita. E agradeça a Norma por mim, por aquelas receitas. Adivinha só! Vendi um desenho que fiz. De Rebecca, naturalmente. Só uma coisinha simples, um desenho dela cuidando do jardim. Fiz na época em que fazia o que envio aqui, mas não consigo lembrar qual dos dois veio primeiro. E também não foi por muito dinheiro, só algumas libras. Outro cara do curso de desenho de modelo vivo comprou, disse que podia ajudá-lo (ele só está começando) com a perspectiva e essas coisas, e não é muito comum recebermos gente nova (ele é o primeiro desde que eu comecei), o resto são só velhas senhoras. Foi meio constrangedor... Ele me pediu para autografar! Não podia negar, não é mesmo? Ele até está pagando Rebecca para posar em particular para ele. Deve ter muito dinheiro, calculo, mas ela não se importa, dinheiro é dinheiro.

Passei pela casa de Malcolm algumas vezes. Loucura. Sabe como é, sua barraca ainda está lá.

Olhei Lou ler o nome dele. Ela parou ali, mas eu não sabia se havia algo mais que ela pudesse fazer além de parar no ponto final. Que bom.

Mas então, meu amor, me escreva. Me diga quando seria uma boa hora para ir aí, se Norma não se importar.
    Com amor,
    Papai

– Ele parece bem, não é? – disse Lou.

GDF morreu no final daquela mesma semana, de repente, ensinando um neto a jogar basquete na entrada da casa. No enterro, a esposa me pediu que cuidasse do açougue. Concordei prontamente, depois conversei com Lou e Norma Bee naquela mesma noite em um bar perto do banco. Não contei a elas que já tomara uma decisão, mas as duas concordaram que eu devia aceitar. Este tem sido o lar há muito tempo, nossa vida tranquila há mais tempo ainda.

Eu ligava para casa todo mês, sentado no canto da sala de Norma Bee, vendo Norma e Lou pela janela do jardim. E me sentia doente antes e durante, mas aliviado quando recolocava o fone no suporte firme do gancho. Toda noite, em seguida, recapitulava para Lou. Fazia parecer o mais tedioso possível, calmo e simples como um bloco de massa crua.

Não contei da celebridade dele, que em seu quadragésimo aniversário houve uma festa para ele na frente de nossa casa a que compareceram algumas pessoas que ele nem conhecia. O Dia Cinco Mil Quatrocentos e Setenta e Cinco, segundo o display na parede. Que ele tinha mais de quatrocentos quilos naqueles dias.

Eu estava sentado na cama, dizendo simplesmente que ele ainda estava na dele. Que papai ainda estava no sótão e que minha mãe ainda era minha mãe. Tentei sair dessa falando em nós dois.

– Isso quer dizer que farei quarenta daqui a dois anos – eu disse.

Ela riu, percebeu que eu não ria e se desculpou.

– É, mas andei pensando. Há coisas que eu queria e não tenho. E acho que estou velho demais para tê-las.

Cocei o queixo. Ela se abrandou.

– Continue... – disse Lou.

E então Norma Bee nos chamou de fora.

Nós a encontramos no jardim, dentro de um barril grande, esmagando uvas suculentas e roxas com os pés descalços e manchados. Anoitecia. Todos os tons da noite eram uma versão empoeirada de seus caracteres durante o dia. Norma foi ao cavalete, de costas para nós, até o fim. Lou de pé junto à mesa com um vestido branco e longo, limpando taças de vinho com um paninho amarelo. Eu a imaginei sentada de pernas abertas, passando os dedos pelas cordas bem afinadas de uma harpa majestosa. Contei a Norma que tinha acabado de falar com Lou de meu desassossego.

Ela ainda penteava a tela com o pincel ao falar. Respirou fundo algumas vezes, armazenando energia como o dínamo de uma bicicleta. Depois começou:

– Olha, o Brian, meu marido, que Deus o tenha, ele não tinha opção. Não era um homem saudável. Nós dois, nós éramos grandes. Quer dizer, olhe para mim. Não vou vencer nenhum concurso de beleza. Comíamos bem, todo dia, três vezes ao dia. Eu adorava dar comida a ele, sabia? Adorava fazer as coisas para ele, todas aquelas coisinhas, e logo não tinha alternativa, porque Brian não conseguia mais se mexer. Ele não ia mais ao trabalho, tinha engordado demais. Ele trabalhava como segurança. É claro que não era o segurança mais rápido, mas era difícil passar por um homem daqueles. E logo ele ficou pesado demais. Não conseguia mais andar. Nem mesmo ficava de pé por muito tempo sem perder o fôlego. E por isso o demitiram, ele veio para casa e ficou deitado naquela nossa cama grande e velha, ficou ali até o dia em que passei pela porta com as panquecas e o café para o café da manhã e o achei bem ali, onde o havia deixado, morto. Ele era guiado pela mão do Senhor, e estava tudo bem porque eu era guiada por essa mesma mão. Fui colocada na Terra para cuidar de Brian. Alimentá-lo e cuidar dele. E ele foi colocado na Terra para que eu fizesse isso por ele. Por isso fomos feitos um para o outro, até que o bom Senhor decidiu que era hora de levar Brian. Era assim que tinha de ser. Ele comia a comida que eu fazia para ele e eu pintava seu retrato. Era como nossa pequena família funcionava.

Olhei a mesa coberta de comida. Cachorros-quentes e costeletas. Batatas e frango fritos. Coxas, asas, peito, molhos e refrigerantes. Mas eu não tinha apetite, meu estômago parecia distendido e duro. E vi pela janela as telas de Brian que cobriam a parede. Cada uma delas era primorosa. Versões em pastel de suas pernas, imensas e segmentadas por gordura, como uma larva gigante. Impressões em aquarela de seus braços, grossos como sacos de pancada pesados de patê. Borrões a óleo de sua horrível pança inchada, flanqueada por peitos arriados e achatados como as orelhas de um elefante velho. Senti náuseas.

– Lou – disse Norma Bee. Lou estava encostada na beira da varanda, com os braços em arco, de formato incrível. – Você não é igual a nós. Não é igual a mim. Você não é a mãe de Malcolm. O que está fazendo não é mais cuidar, querida. O que está fazendo, e vem fazendo há 15 anos, é sofrer. Seu problema é que Malcolm Ede não morreu. Ele nunca deixa que você dê a outro o amor que tem por ele. – *A mim*, pensei, *a mim*. – O que vai fazer, querida? Esperar aqui até que ele morra?

Lou chorava, uma trombeta aos sussurros. Segurei a madeira escura de minha cadeira, forçando marcas suaves. Irradiei súplicas ao cérebro de Norma Bee, um titereiro telepático. *Continue*, eu gritava, *continue*.

– Não pretendo aborrecer você, Lou, querida – disse ela, suas pegadas de uva andando pelo piso de madeira –, mas acredite em mim quando digo, por experiência própria, que as coisas que você quer não estarão lá quando ele se for. Você precisa entender que ele já foi.

Com isso, Norma Bee entrou na casa que desejava mais do que qualquer coisa deixar de herança a uma filha. Eu a teria beijado, beijado seus lábios de borracha.

Lou não veio a mim, não me abraçou. As nuvens não se separaram, nem houve um raio de atração do sol caindo em mim.

Então eu disse, embora não pretendesse:

– Lou. – Ela me olhou, a cara raiada e rosada. – Não posso mais fazer isso.

Pensei em Sally Bay, a linda Sally Bay, a única namorada que tive na vida. Em como eu a abandonei sem pensar. E tremi, abandonando quem nem mesmo pertencia a mim, mas a meu irmão, como sempre pertenceu.

– Vou embora – eu disse e rezei para que bastasse.

Fui para a cama.

68

À uma hora da manhã, antes da retirada furtiva da lua, ela olhava para mim, mas de um jeito diferente, diferente nos detalhes próximos de seu rosto.

Ela se curvou para frente, com a mão na minha, que estava no meu joelho, e com os lábios um pouco separados, o cabelo embaralhado no rosto e os olhos fechados como que para dormir, ela me beijou. Demorou algum tempo. Entorpecido, não conseguia me mexer.

Deitei-me de novo e absorvi as consequências de um enlevo imenso e exaustivo. Dormi quase prontamente.

Pela manhã, fui acordado pelas unhas compridas do cachorro estalando no corredor. Percebi só então que a certa altura da noite Lou tinha se deitado na cama comigo, aquele empurrãozinho de me-deixa-subir, e dormia com o braço por minha cintura e a cara abrigada no ninho de meu ombro. E agora que ela era minha, eu tinha medo de me mexer e isto não durar para sempre.

Dei-lhe um beijo na testa, minha beleza magnífica, e fechei os olhos de novo, fingindo dormir, até que ela abriu os dela e retribuiu o beijo.

Naquela casinha de madeira, não voltamos a falar de Mal. Tocamos nossa vida como se ele nem existisse, como se não passasse do gosto amargo que fica de uma bebida que pedimos errado. Num esforço para não acabarmos como o pobre e velho Brian Bee, eu e Lou recusávamos educadamente segundos, terceiros e quartos pratos na maioria das noites. Quando eu não estava trabalhando, colocava minha mente e minhas mãos no trabalho de reforma das paredes que Norma Bee demolira quando se mudou para o trailer, e com um grupo de vizinhos até ampliamos os fundos da casa para o quintal. Assumi a tarefa de alargar algumas portas menores à medida que a própria Norma alargava. Ela ainda era uma galinha acolhedora. Onde minha mãe teria se debatido como um tentilhão preso e amedrontado, Norma Bee cacarejava, limpava as penas e aquecia seus ovos.

Eu sentia falta de Mal, mamãe e papai, mas não teria trocado nada por isso. Lou. Era glorioso. Eu podia me banhar neste calor para sempre.

69

Andando na cidade, curtíamos ver as pessoas. Eu gostava quando elas passavam pela igreja. Borrifavam a cara e os ombros com os ângulos de uma cruz imaginária. Parávamos para tomar milk-shakes numa lanchonete. Havia muito espaço no banco da frente, mas Lou sempre se sentava ao meu lado.

Depois que terminávamos, ela soprava bolhas com o canudinho no charco do fundo do copo enquanto eu pagava a conta no balcão. Depois nos separávamos na saída, Lou para o banco e eu para continuar a pintura das paredes do anexo, onde naquela manhã, pela primeira vez, tivemos uma boa cama juntos. Ficou funda e densa, com camadas e mais camadas de edredons. Os travesseiros eram roliços como os pés de Brian. Fui para casa a pé, matraqueando moedas no bolso. Criei coragem para telefonar para casa. Já fazia um mês.

Meu pai atendeu. Não estava sem fôlego. Não tinha vindo do sótão.

– Estava esperando você ligar – disse ele.

– Sempre telefono a essa hora – respondi.

Mas ele sabia disso. Ele era como um relógio, um ponteiro de segundos mantendo um ritmo perfeito. Ele era o cérebro por trás dos braços que puxavam as alavancas na sala de motores do coração de todo o caos. Havia algum problema.

– Não quero que se preocupe – disse ele.

Comecei a me preocupar.

– Tudo bem.

– Nem que preocupe Lou.

– O que é, pai?

– É Mal – disse ele. Ele solta o ar. – Ele está bem.

– O que é, então?

– Ele teve um ataque cardíaco, pequeno, mas foi um ataque cardíaco. Não podem movê-lo, estão tratando dele aqui.

Arriei. Minhas costas escorregaram pela madeira envernizada junto da janela até que os joelhos se fecharam perto do meu peito. Meu traseiro caiu nos pelos soltos do cachorro que forravam o chão. Eu estava preso entre a parede e o piso.

– Tem fios e máquinas por todo lado; vieram do hospital. Sua mãe ficou louca, obviamente, mas ele está bem. Chamaram de tiro de alerta. A primeira bala de canhão acima das linhas, se preferir.

Continuei em silêncio.

– Saiu nos jornais.

Eu podia ouvir suas mãos imensas e duras tremendo. Podia ouvi-lo querendo que eu voltasse para casa. Podia sentir a tampa puxada do ralo no fundo do mar em que eu nadava.

– Mas ele está bem. Está bem. Só queria que você soubesse que ele está bem antes de ler ou ouvir falar disso, do pai de Lou, talvez.

Pedi a ele que descrevesse o que tinha acontecido e montei o filme da história para passar em meus pensamentos. Imaginei com perfeição. Minha mãe preparava o jantar. Waffles com bacon e porções escorregadias de feijão. Pão de alho com maionese para esfriar e intensificar o sabor. Ela arrumava tudo em uma bandeja no trailer, abrindo a porta com as costas. Passou pela barraca e a lembrança de Lou, pela porta da frente, tirando os chinelos para que caíssem como dois gatinhos brigando por um pires de leite. Passou por outra porta, pela escada de metal suja que leva ao sótão, onde papai faz seus planos, falhando e recomeçando tudo. Ela cutucou a porta do quarto de Mal com o pé e ele estava lá, com um lençol metido sob a escrivaninha de sua barriga. Ela pousou o jantar na mesa ao lado dele. Ele pegou um waffle pingando da gordura do molho de porco e mordeu dois terços dele numa dentada. Mastiga mastiga mastiga, seu queixo girava, a língua forçando a comida contra os dentes, erodindo-a, até que escorregou em uma calha repulsiva de polpa garganta abaixo.

– E assim, era uma noite normal – disse papai, mas eu dirigia as cenas em minha cabeça e coloquei o contraste agudo o bastante para rasgar minha pele.

Ela usava a borda serrilhada de uma faca de inox para empurrar punhados de comida em um garfo para ele. Um feijão-manteiga solitário pendia de sua boca, deslizando pelo queixo como o último bloco de pasta de dentes é forçado para fora do tubo. E seus olhos começaram a se esbugalhar. As veias do pescoço incharam. E ele agarrava a bandeja com uma força tal que o plástico rachou em suas mãos. Seu coração acelerou cada vez mais, as válvulas dentro dele numa batida computadorizada, dum dum dum dum dum, mais rápido, o sangue bombeado pelas artérias com tanta força que arranhou seu forro. Tentou espremer mais do carmim grosso pelo espaço mínimo. Dum dum dum dum dum, mais rápido, e ela entrou em pânico. Houve uma bandeja na parede e maionese nas cortinas. Um pedaço de pão de alho rolou para a segurança embaixo da cama. Ela agora gritava, os dois gritavam, ele se agarrando ao braço dela e o braço tremia, transpirava e ardia. Ela gritava e ele não conseguia respirar, ofegava, e doía, havia medo. O sangue não chegava às extremidades de seus dedos das mãos e dos pés, e eles se enroscavam em nós de êxtase, ele arranhava o peito largo, puxando os pelos dali.

Passei o telefone quente para a outra orelha.

– Mas quero que saiba que ele está bem – disse papai.

– Eu sei – disse. – Eu sei.

70

No terreno dos fundos da casa de Norma, o telhado de folha de flandres matraqueava com a chuva que caía forte como baldes de pregos. O barulho era terrível, tão alto que nos breves intervalos entre um aguaceiro e outro ainda era possível ouvi-lo. Eu estava atrasado. Perdi meia hora parado do lado de fora, abrigado com o cachorro sob a aba da varanda, tentando forjar a cara que precisava usar, perguntando-me se contaria a Lou. Esta felicidade que finalmente era minha, que eu agora tinha tanto medo de perder.

Puxei a roupa de cama e subi ali pela primeira vez. Tinha um cheiro doce, de limão e lavanda. Os lençóis estavam quentes com ela.

– Você se molhou? – perguntou ela, meio adormecida.

Ela não se virou, mas não estava com raiva. Me meti bem junto dela, flexionando minha coluna até que assumimos a mesma forma, encaixando-nos como um brinquedo de criança. Minha mão pousou na face externa de sua coxa, meu nariz se aninhou no alto de seu cabelo.

– Um pouco.

– Ainda está molhado, idiota.

– Eu sei.

Ela mexeu os pés para tentar aquecê-los, escondendo-os entre minhas panturrilhas quando não deu certo.

– Norma terminou nosso retrato – disse ela. – Você nem percebeu, não foi?

Sentei-me e me virei, e acima de nós na parede estávamos eu e Lou em óleo grosso, blocos sólidos de cor. Estávamos na varanda, ela com um vestido de alças fluido moldado pelo ar, eu sem camisa, de calça cinza e sem sapatos. Eu balançava um dedo fino e pensativo na linha onde o cabelo de Lou roçava a nuca. No canto inferior direito, estava o nome de Norma, assinado com batom no vermelho violento de um ferrão. Era fabuloso, nós dois concordamos.

Não contei a ela sobre Mal. Em vez disso, e pela primeira vez, fizemos amor, abaixo da pintura na parede.

Depois, enquanto ela dormia, vi pela janela o cachorro brincar no gramado. Ele rolou de costas. Retorceu-se e se sacudiu na superfície escorregadia, sua pequena língua pendendo da lateral da boca, as orelhas empinadas. O rabo abanava como um limpador de para-brisa, açoitando a umidade no ar, um rastro atrás de um jato. Eu queria me juntar a ele.

Decidi então não contar nada a Lou sobre Mal. Parei de telefonar para casa. Os dias ficaram ainda melhores.

71

Olhei meu reflexo. A cintura pendia em meu peito. Meu umbigo se franzia, uma pálpebra caída na cara de meu tronco. Meu ritmo, sonolento e devorador, tinha se acomodado rapidamente graças à conclusão do triunvirato do contentamento. Amar. Dormir, comer, amar. Eu estava me expandindo, fortalecia-me um ano assado ao sol. Vi Lou, espelhada, aproximando-se atrás de mim. Beijou-me no ombro, lambendo um ziguezague no ápice de minha axila, onde a carne começara a se tragar.

– Estou ficando gordo – eu disse.

Ela afagou a barriga, sua leve e linda flor.

– Eu também.

– Não está não – eu disse, e dei uma beijoca pouco acima de sua orelha esquerda, onde um fraco sinalizador prateado de emergência tinha sido aceso.

Norma Bee levantou-se e saiu cedo, a sombra de seu carro ainda lançada na terra cinza-amarronzada da entrada. Peguei meu avental limpo no cesto de roupa lavada e lutei, passando as alças por minhas costas. Lou amarrou-o com habilidade, depois colocou meu gorro branco de açougueiro na cabeça. Juntos, ela escrevendo, fizemos uma lista:

Bifes.
Costeletas de cordeiro.
Rins.
Salsichas.

Alcatra, se tiver.
Costela (saco grande).
Lou, bjs.

Prometi a ela não me esquecer de trazer isso para casa de novo. Lou usou a ponta cega do lápis para abrir os envelopes com as contas. Conversamos sobre o que tínhamos falado, rindo e bêbados, na noite anterior. Das estrelas penduradas em cordões no teto, ou a cama de armar, de madeira e grande. Lou ficou radiante com a sugestão de estênceis, animais selvagens, tigres e leopardos sem presas, brinquei que os pintaria no teto. Uma fantasia dentro da nossa.

Fui para o trabalho com a lista espiando para fora de meu bolso. Lou, com a caneta ainda na mão, pegou uma folha de papel de uma pilha na gaveta da mesa. Mascou a tampa, as impressões de seus dentes destacadas quando a saliva se acumulava em crescentes, ecoando o brilho da lâmpada. Ela pensou em tudo ao mesmo tempo, sorriu e escreveu "Querido Mal". Ficou pronta em 10 minutos.

Lou pegou a carta a ser enviada da agência perto de minha loja, onde a fila para a "Oferta de Dobradinha de Arrasar" de quarta-feira serpeava e passava pela vitrine. Almoçamos juntos, tacos com um halo de queijo dourado, e ela foi para casa ajudar Norma Bee a preparar o jantar.

O saque transpirava dentro do saco enquanto eu ia para casa, umedecendo o plástico morno. O carro de Norma Bee, sujo e cansado, dormia profundamente. Dois gatos reclinados frouxamente embaixo dele, rolando com as voltas da sombra. Abri a porta.

Lou estava no sofá, ao lado de um homem. A pele dele era de um marfim pálido, mal atada a seu esqueleto. O cabelo grisalho era frouxo num cabeamento arriscado, decorando as órbitas falidas dos olhos. Eu nunca o conhecera direito.

– Este é meu pai – disse Lou.

Não precisei confirmar que Norma Bee o havia apanhado no aeroporto.

Ele empurrava pelo prato o cordeiro que eu grelhara como um general na sala de guerra deslocando tropas por um mapa da Europa, despachando-as para a morte.

Lou o colocou em nossa cama e me encontrou do lado de fora, um cigarro molhado como um termômetro se pendurava frouxamente de minha boca. Contou-me o que tinha colhido de seus cochichos tristes, o garimpo do ouro de tolo. Eu podia ver na cor que seus olhos perderam a divisão em sua atenção. Deixou meu ser mais entorpecido.

– Ele a pegou com o homem do curso de desenho. Voltou, como disse que faria, para deixar algumas coisas. Um presente... Ele encomendara um jogo de lápis e entregaram dois. Eles estavam dormindo debaixo dos lençóis que protegiam a mobília das tintas.

– Coitado – eu disse.

O piso de Norma Bee estalou. Os gatos guincharam, prazer e depois agonia.

Imaginei a casa dele, a parede dos retratos dela desfeita em tiras. Os pedaços de seu corpo rasgados em fragmentos mínimos no chão, suas imagens mais pesadas entre eles. Uma vítima desenhada de assassinato.

– Ele precisa de mim – disse Lou.

– Eu preciso de você.

Eu era estúpido e egoísta, mas meu ímpeto era irreprimível.

– Eu sou a família dele.

– Eu sou a sua família.

– Não quer que eu o expulse, quer?

– Não, claro que não.

– E então?

– Não sei.

– Ele vai ficar uma semana aqui, só isso. Combinou tudo com Norma como uma surpresa para mim.

O pai dela desmontou peças de robô espalhadas pelo chão de nosso quarto, a oficina do único mecânico que podia reconstruí-lo.

Lou foi ver o pai. Quando coloquei a cabeça pela porta, ela havia dormido na cadeira de palha que coloquei ao lado da cama, onde eu equilibrava seu café da manhã quando o levava. Imaginei o ronco de Mal. Parecia o riso atravessando o mar.

72

— E é assim que algumas pessoas são recompensadas por uma vida inteira de bondade. – Norma Bee riu. Ela sempre ria. Até as más notícias tinham dedos que lhe faziam cócegas.

– Coitado – eu disse de novo.

Na cozinha, panelas ferviam em cada superfície, guinchando assovios urgentes, a sala de controle de um navio de guerra. Conversamos, conversamos e conversamos. O ciúme e o desejo sempre combinavam tão bem.

– O que eu e Brian tínhamos podia não ser perfeito, mas tínhamos amor. Umas pessoas na cidade costumavam dizer que eu era uma mulher má, deixando que ele ficasse daquele jeito. Mas eu não dava a mínima para essa gente. Deixá-lo ficar como? Deixá-lo feliz? Deixá-lo ficar mais feliz do que eles, é disso que as pessoas não gostam. Sabe o que deduzi?

Eu nunca tinha percebido realmente, mas Norma Bee fazia muitas perguntas.

– O que você deduziu? – eu disse, levando carga para sua língua.

– Só as pessoas que gostam de você o fazem feliz. E esse era meu trabalho.

Norma Bee, o oráculo gordo.

Eu mexia sempre que ela apontava, empilhava em pratos sempre que ela me instruía.

– Aquele homem ali – ela apontou para a parede que eu construíra –, assim ele foi recompensado por sua vida de bondade. Com duas mulheres que nunca puderam amá-lo tanto quanto ele as amou. Mas pelo menos elas lhe deram a melhor coisa que ele tem, não é mesmo?

– O quê? – disse. – Um emagrecimento drástico?

– Não, meu bem – disse Norma Bee. – Lou. Ela é a única que gosta dele e, se tudo continuar como está, ela vai fazer de tudo... Tudo o que puder para que ele seja feliz. Altruísmo, querido. O amor é isso.

Vi que ela me aconselhava, empurrando para minha visão algo patente que eu de algum modo perdia feito um estúpido.

– Você precisa perceber, o amor é uma linha comprida. Tudo é amor, mas ele tem extremidades opostas. Tem uma ponta que é boa. Aquela sobre a qual escrevem músicas românticas. É nessa ponta que você quer estar. E tem a ponta ruim, porque o amor também pode te destruir. E é nessa ponta da linha que está a maioria das pessoas. Apesar de eu e Brian termos sido felizes, eu o estava destruindo. Agora posso entender. Mas eu podia ver na época, quando o alimentava com as coisas deliciosas que fazia? Não. Porque ele sorria quando eu fazia. Ainda era amor.

Eu me agachei no chão perto da geladeira. Seu motor roncou em meu baço.

– E minha mãe e Mal? – perguntei.

– Isso a faz feliz?

– Sim – eu disse.

– Ele está sorrindo, não está?

– Sim – eu disse.

– Então é amor. Não quer dizer que não vá destruir os dois.

Eu sentia cheiro de queimado. Norma Bee girou para apagar o gás. Engoli em seco.

– E Lou?

– Pobre Lou – disse Norma Bee, agitando dois garfos por uma salada colorida. – Ela viu um homem que ama se destruir. Não vai deixar outro fazer isso. Ele precisa dela.

– Também preciso dela – eu disse.

Norma Bee se ajoelhou com dificuldade na minha frente. Suas joias eram frias como um chão em meu rosto.

– Então, você terá de esperar. E não precisa ficar destruído enquanto isso.

– Mas vou ficar – eu disse.

Quando levantei a cabeça de novo, ela voltara ao fogão.

– Vou cuidar de você – disse ela. – Tome, coma isto aqui.

73

O pai de Lou ficava na cama o dia todo, raras vezes se levantando à noite, se não fosse para comer. Uma depressão feroz tinha seus dentes nele e o rolava como um crocodilo pelo leito lamacento de rio. Ele não combatia. Amortecia os sentimentos que ele era capaz de ter, desconectando-os da experiência. Aquele grande ato de paixão por Rebecca Mar o arrancara rápido demais das profundezas. Agora tinha a doença da descompressão, a bolha de oxigênio em seu cérebro, uma tristeza. Ele foi de novo ao fundo, onde os crocodilos o encontraram. Agora nunca mais subiria.

Lou estava embaixo com ele, tentando em vão erguer o pai do lodo pegajoso do fundo.

Balançava-se na cadeira que foi metida entre duas vigas, o cachorro riscando linhas com o focinho em sua coxa. Desta vez o cheiro era de angústia, um sonho que você curte e desmorona com a distância de suas recordações.

– Preciso deixá-lo melhor – disse ela.

Passou a palma da mão em minha nuca. O cabelo eriçou.

O cachorro investiu contra uma mosca e a matou. Lambeu da madeira os espetos golpeados de suas pernas.

– Desculpe – disse ela. – Não posso ver isso acontecer de novo.

Eu sentia a atração da órbita de Mal, o pai era a sonda que viajou à frente para coletar informações antes da longa jornada para casa.

– Fique aqui em Akron comigo – eu disse. – Seu pai também. Podemos comprar uma casa maior. Podemos ter filhos.
– Por que você faria isso? – disse ela. – Se ficar adulto é assim.
Parecia meu irmão.
– Vai ficar? – perguntei.

74

Eu era um elevador com um cabo rompido, mergulhando no poço fundo de uma mina a uma velocidade incrível, parando apenas com um baque e esmagando tudo. Porque ela foi embora. Só o que restou dela foi o retrato. Lou, em duas dimensões e trinta centímetros de altura.

    Meus pés chapinhavam no suor que eu pingava. Minha camisa, uma segunda pele saturada, uma concha molhada e fina. Meu cabelo pendia em faixas molhadas por meu semblante. Procurei na loja, corredor por corredor, pelos alimentos congelados e prateleiras de enlatados. Ela não estava no canto quente de onde vinha o cheiro de pão fresco como um mal-estar doméstico. As baguetes recém-assadas estendiam mãos de seus cestos, pedindo moedas, braços de macaco num zoológico quente. Ela não estava parada perto do campo de força gelado dos refrigeradores. Era onde ficávamos nos dias em que o calor do sol de meio de tarde atiçava nossa pele com suas luvas fumegantes. Ela não estava perto da caixa registradora, conversando feliz com os funcionários da loja, matando as horas do dia, reconhecendo pessoas do banco. Ela simplesmente sumiu.

    Voltei a pé do açougue, fiz uma breve saudação triste ao jovem que eu treinava para ficar no meu lugar, um cara talentoso que sempre continuava limpo, por mais que cortássemos, decepássemos ou arrancássemos. Ele reorganizou os utensílios da frente e estava de pé, resplandecente com seus brancos, como dentes de Hollywood. Eu sabia que ele seria bom para o lugar e pensei em uma Sra. GDF fcliz.

Norma Bee estava na varanda em lycra amarela, luminosa e suada. Pintava em seu cavalete, o cachorro servindo de modelo com tolas botinhas de lã que ela tricotara.

Disparou de seu cesto quando passei rapidamente, um vento negro e furioso soprando na praia. Norma Bee deu um salto e gritou enquanto eu derrubava seu cavalete no chão, e a pintura do vira-lata colorido se desfigurava. Com um coice de mula, chutei a porta de tela de sua dobradiça de baixo e a deixei ali, pendurada e torta, e corri para os fundos da casa.

Eu estava chorando ao pé da cama quando Norma entrou e se curvou sobre mim.

– Calma – disse ela. – Vou preparar alguma coisa para você comer.

– Por que você a levou ao aeroporto? – eu disse.

– Querido, ela me pediu – disse Norma Bee. – Ela sabe que o pai não pode ficar aqui. Ela sabe exatamente o que é o certo para ele. Ela o ama.

Comemos em silêncio torta de maçã quente com um monte de creme.

Perguntei-me se o cartão de aniversário que mandei estava na montanha de sacos pretos de correspondência ainda fechada que papai me disse que se acumulava dentro e em volta da barraca de Lou no gramado.

Durante horas, balancei-me em sua cadeira na varanda, puxando fios de seu cabelo presos nas juntas da madeira e torcendo-os nos dedos. O cachorro ainda tinha medo demais de mim para se aproximar. Norma Bee tentava me tranquilizar. Logo percebeu que progredia pouco e voltou ao silêncio, de vez em quando afagando meu ombro ao passar, trazendo-me lanches, refeições e bebidas.

Fui para a cama.

75

No meio das noites, eu abria os olhos. Não entrava mais nenhuma cor por eles. Pensava nela a meu lado, mas ela ainda não estava ali. Pensava que podia ouvir o zumbido suave do estalo do relógio na parede, e sonhava que me banhava em seu brilho verde e intenso. Enquanto o sol nascia, ouvia Norma Bee preparando o café da manhã, mas nem mesmo me incomodava em me vestir quando ela o trazia para mim em uma bandeja larga de plástico.

Todo dia Norma me pintava. Parei de atender ao telefone. Nunca era Lou.

Fiquei na cama.

Norma Bee me disse que eu podia ficar.

Eu comia, dormia e engordava. A trindade de prazer vertida em mim, agora sem um lado, tinha se desintegrado. Eu caíra ao chão.

Comia guloseimas americanas gordurosas. Uma nação de refeições era criada para saciar meu paladar transatlântico. Durante o dia, quando fazia calor, eu ficava deitado debaixo de um único lençol. À noite, eu formava uma parede de travesseiros e me lacrava dentro dela. Onde ela esteve, agora não havia nada, só um espaço que eu aos poucos começava a preencher.

O tempo começou a vacilar. Grandes bandejas de cordeiro. Frango, arroz e ervilhas. *Tortillas* com molhos picantes com as cores do verão. *Fajitas* ensopadas em creme azedo. Macarrão com um molho vinagrete marrom e pedaços de pato do tamanho de um dedo. Almôndegas. Um monte de almôndegas. Norma Bee fazia umas almôndegas ótimas. Rolinhos primavera empapados. Bolas de canhão de sorvete. Os dias reduziam o ritmo. Agora, do nascer ao pôr do sol era só uma longa piscada do olho da natureza, a mudança de cor do dia interminável.

Havia sete pinturas em que eu aparecia na cama na parede de frente para mim, quando a claridade me encontrava. Norma corria pela porta com um balde de papelão de carne frita abotoada numa armadura de farinha de rosca debaixo de uma de suas asas.

– Hora do almoço – cantarolava ela.

Ela sempre cantarolava as refeições. Eu pensava em minha mãe. Sabia, no fundo de meu ser, que era hora de voltar. Mas agora eu ficara aqui, acomodado, estagnado e esgotado.

Meu estímulo chegou cedo numa manhã. Acordei com o focinhar desagradável do calor do sol. A luz pela janela me mostrou o espelho da face interna da porta do guarda-roupa que, pela primeira vez e acidentalmente, fora deixada aberta por Norma Bee. Eu me vi e reconheci o reflexo, mas não como se fosse meu. As pencas de pústulas acotovelando-se em trechos suarentos de minha cara. As estrias pálidas recortando a pele suja em expansão. Mais alto e mais largo, não o homem das pinturas, mas o irmão que eu deixara para trás. Fizera quarenta anos neste quarto, mas o glacê do bolo não indicara que esse dia era diferente de qualquer outro. Eu precisava ir.

Levei um retrato comigo. Norma Bee sentia falta de Brian Bee com todo seu coração colossal. Disse que eu sempre seria o filho dela.

76

Dia Sete Mil Quatrocentos e Oitenta e Três, segundo o display na parede.
Ninguém percebe que estou vestindo o casaco quando chega a escuridão. Estou exausto do dia. Lou vindo para casa. A entrevista. A briga. As pessoas do lado de fora, algumas que permaneceram. Minhas pernas doem, os pinos de metal ainda perfuram as canelas.
Minha mãe ainda passa loção antisséptica para resfriar os rastros que correm pela pele de Mal. Ele ri de Ray Darling, do dia, mas a pressão do peso de seu corpo nos pulmões é de cinco bebês elefante e o ruído no começo não sai. Ele está preocupado demais com isso, como mamãe está com sua enfermagem, para me ver sair pela porta da frente.
Papai está no gramado, parado atrás da barraca vazia de Lou. Terminou as marteladas frenéticas que estivera fazendo no sótão e fala com a dezena de pessoas que ainda estão aqui. Com estas em arco em torno de meu pai, ele parece um pregador no monte. Gesticula para a casa, para a janela onde Mal está deitado como numa câmara ardente. Faz movimentos grandiosos, agitando os braços para cima.
Ele não me vê mancando em silêncio pelo caminho e pegando a rua. A lua está alta no céu. Sua luz amortalha o trailer, e o frio suga a ponta de meus dedos. Ando animadamente e, com o cuidado de não tropeçar nas muletas, refaço o caminho que Red Ted usava para me trazer para casa todo dia em seu carrinho.
Quando enfim entro na esquina onde fica o açougue, o defeito nervoso que tenho começa a girar sua manivela de metal

inflexível. Espero ali. A chance de vê-la e tocá-la é uma agulha furiosa. Quer furá-la, exigindo um pedido de desculpas, arrancar uma explicação a facadas. Diz-me para dar meia-volta, ir para casa, nunca mais falar com Lou. Sei que não consigo obedecer.

Então sou apanhado numa luz, como se eu fosse um criminoso perseguido ao longo do muro da prisão da qual acabo de fugir. Era de um carro, que chegou agora e estacionava na minha frente, seus faróis ofuscantes. Manobro com cuidado em minhas muletas e saio lentamente da luz. Colocando um pé diante do outro, vou para a janela do motorista, que desce para me receber.

– Oi – disse Lou, mais velha, mas sua voz presa no tempo.

– Oi – respondo.

Sou um livro didático cheio de perguntas com páginas sujas e enlouquecidas.

– O que houve com suas pernas? – pergunta ela.

O carro tinha cheiro de novo.

77

O taxista que me levou do aeroporto para casa não me perguntou sobre Mal. O tempo tinha me apagado, me raspado um pouco. Desbotei como uma fotografia enterrada. Eu estava bronzeado e mais velho, surrado, experiente e gordo. Eu era o que todos nós nos tornamos, um subproduto da tortura de nós mesmos.

Ao passar pelo trailer, pensei em Norma Bee em sua casa, na comida que deve ter ido para o lixo.

A barraca de Lou estava ignorada no gramado, rasgada e desbotada, mas firme onde papai a havia pregado. Abri minha mala, peguei a tela de nós dois e coloquei dentro dela. Não tinha mais o cheiro de Lou. Tinha cheiro de poeira, calor e dos verões úmidos que eu perdera. Perguntei-me se eu devia entrar, fechar o zíper atrás de mim e me deitar, esperando, uma ratoeira armada e pronta, um naco de queijo saboroso colocado convidativamente na beira. Em vez disso, deixei o retrato ali, encostado na lateral, e fui para a casa.

Por dentro, a casa estava como sempre. Seu exterior crescia e encolhia, dependendo de quanto tempo eu ficava fora, mas por dentro era um molde exato. Havia curvas que eu podia fazer no escuro, aquele cheiro de comida, perfume e roupa de cama de Mal. Cremes e suor. Estalos que as paredes sempre faziam, o tinido de canos mal ajustados nas cavidades. A casa sempre tinha a mesma temperatura. Sempre tinha o mesmo mapa. Sempre me recebia da mesma maneira.

O que me recebeu quando abri a porta do quarto pegou minhas fundações por baixo de mim e eu desabei, compactado no carpete do chão. Mal. Imenso. As dobras da pele eram eclipses de vermelho de pústula. As escaras que espiavam por baixo de suas costas brilhavam de secreções claras que cobriam os lençóis molhados. No meio do dia, ele estava dormindo. Afogando-se em seus próprios fluidos, uma galinha lentamente se transformando em cuspe. As paredes eram forradas de recortes de jornal e pilhas aleatoriamente dispostas. Havia caixas em cima de pacotes em cima de pratos. Havia mamãe, que dormia numa cadeira no canto. Tinha mais cor do que eu me lembrava, bochechas e um rosado reluzente. Havia o display na parede.

Tonto, cambaleei para trás, onde os pés de borracha preta da escada de meu pai encontram o carpete. Subindo a bordo do primeiro degrau, bati no alçapão com o nó pontudo de um dedo. Ouvi barulho e movimento que esperava e lembrava, depois ele se abriu para a cara de meu pai, mais velho, porém mais paternal, surpreso e satisfeito.

– Ah! – gritou ele, pulando para baixo e jogando os braços por minha cintura, prendendo-me pelos lados. – Olha só você – disse ele –, está em casa! – Depois ele se afastou, viu que a expressão em minha cara bronzeada não combinava com a dele. – Ela não voltou com você? – perguntou ele.

– Não.

Eu não sabia o quanto sentia falta dele. Seu cabelo era de um grisalho sábio, o rosto fogoso era cheio de movimento e os olhos, maiores. Cintilavam como moedas dentro da água. Ele parecia como eu imaginava Einstein vivo, crepitando de energia. Ele estava carregado, novo.

Acordamos minha mãe. Ela me abraçou e me beijou, e quando me aproximei dela não parecia frágil como antes, mas animada e comovente. Um grande renascimento emocional tinha acontecido. Por mais separadas que suas vidas estivessem, a felicidade estava neles.

•Mal abriu um olho, engastado numa bochecha grossa como um botão enterrado na lã de um blusão de inverno.

– Oi – disse ele.

No sulco que marcava trincheiras em sua testa disforme e roliça, vi que ele sabia que eu não estava aqui por opção minha.

Encostei a mala em minha cama – ainda estava ao lado da dele – e com um suspiro e o fedor denso de mal-estar toldando qualquer saída que podia existir resignei-me ao fato de que talvez, só talvez, nem Mal nem eu devêssemos sair desta casa.

– Quer conversar? – perguntou ele.

– Não – eu disse.

– Tudo bem – disse ele.

Olhei para ele na cama e fui temporariamente seduzido pela lógica tácita de tudo. Ele podia ter razão, pensei. Que vida é essa, que lhe dá a maravilha de um coração que bate e depois o estraçalha em mil fragmentos? Quando tudo o que lhe ensinaram a esperar dá em nada? Se isto é a vida, então por que sair da cama?

Como um velho cachorro de estimação, meu colchão lembrou-se de meu cheiro e minha forma e me recebeu com um afeto indiscriminado. Dormi por dias, minha grandiosa fuga abortada.

78

O cristal líquido verde-lima metamorfoseou-se e manobrou para diferentes formas e horas, aumentando sem parar, mas a luz nunca penetrava o negror denso em volta de mim. Meus olhos se entorpeceram mais uma vez ao ver o corpo de Mal quando a luz o envolvia e ele desaparecia dentro de si mesmo como uma meia enrolada.

Vi o sol nascer, depois as lâminas de chuva e neve. Vi o interesse aumentar. Vi a barraca de Lou e a chegada de mamãe, com pilhas de pratos novos, cheios de comida. Eram a única constante, o avanço do tempo, só o que diferenciava um dia do seguinte.

Mal e eu víamos um filme a que já havíamos assistido. Era antigo, tão preto e branco que em algumas partes tinha um brilho azulado, e John Wayne defendia os benefícios relativos de renunciar à própria vida pelo bem dos outros e as recompensas que isso acaba por trazer. Nenhum de nós estava realmente ouvindo.

Era o Dia Seis Mil Seiscentos e Quarenta, segundo o display na parede, muito tempo desde que meus pensamentos não azedavam. Minha mãe terminara de cuidar de Mal, e assim ficamos só nós dois deitados ali, lado a lado, as bonecas russas grande e pequena.

– Isso precisa parar – disse ele, sacudindo o papo de pelicano de seu queixo.

– Então desliga – disse. – Não estou vendo. O controle remoto deve estar debaixo de uma de suas barrigas.

– Não é o filme – disse ele. – Isso. Você. Você precisa parar.

Coloquei-me sentado.

– Eu?

– Sim, você.

– Do que está falando? Você sabe muito bem que nenhum de nós estaria aqui agora se não fosse por você.

E de repente alívio, a pressão se esvaindo. Minha cara se avermelhou, a cor subindo como o mercúrio em um termômetro.

– Mas você fica sentado aí sentindo pena de si mesmo – disse ele. – Eu não.

Ele tinha razão, eu sabia que tinha.

– Você ainda não tirou sua foto – disse ele. – Eu tirei a minha.

Vesti-me com pressa e chamei meu pai do sótão.

– Posso ajudar você? – perguntei.

Ele se espanou como se esperasse por isso há muito tempo.

– Amanhã – disse ele –, vamos subir ao telhado e você verá o que andei fazendo.

79

No telhado, causávamos agitação. Papai vestia um macacão laranja dos tempos de construção de elevadores, encimado por um capacete amarelo de plástico arranhado. Por baixo das botas de bico de aço, a telha vermelha queimada esfarelava e cedia. Esforcei-me para me equilibrar. Balançando os braços em círculos contínuos, andei num trapézio constante, de vez em quando achando uma breve trégua na imobilidade.

O dia era acre.

– Aqui – disse papai.

Ajoelhando-se, ele levantou uma das telhas maiores que cobriam os dois lados do telhado, como um pano é colocado pelo braço de um garçom, e deixou-a cuidadosamente de lado. Estávamos os dois olhando um buraco do tamanho de um prato de jantar que levava diretamente ao sótão, uma gruta fantástica quando vista de cima. Havia varas e engrenagens de metal reluzente, ganchos e junções, peças díspares a meus olhos, um quebra-cabeça que acabava de ser aberto. Papai sorria, um caçador de tesouros comemorando a precisão de seu instinto.

– Quem fez esse buraco? – perguntei.

– Eu – disse ele.

– Por quê?

– Porque nada se move para lugar nenhum sem um buraco. Agora espere aqui que já volto.

Ele desceu a escada e fiquei agachado, com a pele arrepiada pelo ar gelado da manhã, perguntando-me por que eu não estava vestindo nada mais substancial do que um velho par de tênis. Avaliei as cercanias da casa. A barraca, o jardim da Sra. Gee, o imenso monte de correspondência que tinha chegado para Mal, arrumado numa pilha.

Ouvi papai subir a escada menor dentro de casa. O alçapão se abriu e ele apareceu no sótão. Vi sua cabeça subindo e descendo abaixo de mim, a careca um ovo cor-de-rosa com um ninho fino e prateado.

– Ainda está aí em cima? – disse ele.

– Claro que estou.

– Ótimo. Pegue isto.

Houve movimento e um som metálico, e de repente um poste de aço grosso começou a sair pelo buraco, quase me derrubando para trás, para minha condenação. Tinha a circunferência de um pires e continuou a subir e, com ruído, um novo poste começou a sair de dentro dele, e outro, e mais outro, telescopicamente, até que fez surgir céu gélido acima de mim. Ouvi a roda que papai girava de dentro começar a reduzir o passo e sustentar a torre que acabara de aparecer no alto da casa como um farol. Oscilou um pouco quando o vento apertou. Logo ele reapareceu, carregando sacos grandes, cheios de barras, correntes e rodas, e eram trabalhosas, mas ainda assim ele conseguiu andar pelo telhado com uma elegância nada ortodoxa.

– Estive planejando isso há muito, muito tempo – disse ele.

– O quê?

– Isto. Desde que construí aquela vara de pesca. E depois, quando os vi trazendo aquele trailer também, disse para mim mesmo: "Posso fazer isso." É como um elevador, está vendo? Pesos, espaço e distância. Tudo é proporção. Tecnicamente, se você fizer as contas certas, pode construir uma coisa para fazer praticamente tudo com um mínimo de energia. Trata-se de saber como amplificar seu esforço.

Eu me estendi o máximo que pude. Perto da janela, entre Mal e a barraca de Lou, ele tinha empilhado uma pirâmide de sacos cheios da correspondência ainda fechada de Mal. Brilhava quando a brisa de inverno soprava em sua pele. Em volta, amarrara tiras de um tecido grosso, quatro delas, que se desenrolavam de cada canto, emoldurando a pilha de sacos. Eram unidas firmemente no alto, como um presente de Natal é amarrado com uma fita bonita. Preso a isto, havia um gancho.

– Que ótimo jeito de testar – disse ele.

Aquelas caixas cheias de equações falhas. Aquelas tentativas abortadas, protótipos defeituosos e modelos em escala.

Fiquei de pé precariamente para ajudá-lo, cada nova lufada de vento atormentando-me para cair, e começou a chover grosso. Papai içou o grande mastro de metal e eu segurei as costuras da calça de seu macacão. Estabilizei-o enquanto ele pegava as peças para a montagem do equipamento e as deslizava em uma fenda que preparara no alto da vara. Girando para colocar na posição certa, parecia uma forca futurista. Era um guindaste rudimentar. As nuvens da manhã pareciam se agrupar ao longe e pensei que um raio nos acharia macios ao toque.

Em seguida, meu pai passou uma corda e uma corrente por um elo na ponta da vara, que se estendia do mastro acima dos sacos de correspondência no jardim. Ele tinha um desembaraço admirável em seus movimentos, do tipo necessário para se pendurar acima de um elevador que disparava para a escuridão no centro da Terra. Depois, com a mesma facilidade com que tinha subido, desceu para onde eu estava no telhado. Minhas pernas estavam dobradas, o esforço exigido para que eu ficasse em segurança me esgotava como uma estaca numa muda de árvore.

– Pegue – disse ele, passando-me um gancho grosso e prateado preso a uma faixa de tecido cor de ervilha tão resistente que era impossível rasgar. – Pegue isso e prenda no gancho do alto da pilha de sacos de cartas. Vou colocar essa rodinha junto, girar pela polia até a corda. Se eu estiver certo, a distância entre o centro, aqui, e os sacos implica que vou conseguir erguer todo o peso só girando essa rodinha. Como se puxa um peixe da água.

Eu o amei, vendo o entusiasmo e o êxtase que ele tinha.

Enquanto a chuva encerava minha pele e as roupas, deixando-as escorregadias, ele falou:

– Viu só, muito melhor do que ficar na cama, não é?

E então eu não estava mais concentrado. Um erro. Peguei o gancho em sua mão e parei, dobrando os joelhos e me preparando para dar passos mínimos pela descida do telhado.

A telha sob meu pé esquerdo esfarelou com a pressão e a umidade, e o som do desequilíbrio crepitou pelo ar como um disco arranhado. Meu pai gritou meu nome num barítono prolongado. Minhas costas bateram na superfície do telhado com uma força impressionante, e meus ossos se mexeram dentro do saco que era eu, como se levassem um tapa supersônico. Minhas costelas tiniram como *hashis* caídos, e meus pulmões inflaram, *airbags* em um carro que bateu numa árvore. Abri os olhos e o céu se mexeu acima de mim. Escorregando do telhado, arranhei as telhas molhadas, tentando me segurar, mas não achei nenhuma. Meu ângulo estava determinado. Caí como uma lápide do telhado. No ar, senti o sangue escorrer por minhas costas, onde a pele foi arranhada como a casca de uma laranja. Os buracos rosados que ficaram se encheram de mais sangue. Minha mão pingava. Vi que eu tinha errado a pilha de sacos macios de correspondência que teriam me apanhado em sua massa preta e acolchoada, e fechei os olhos sem saber de que lado podia estar virado quando bati no cimento da calçada na frente da vidraça.

Caí de pernas estendidas, com as mãos no peito. Um caixão. O impacto do peso de meu corpo nos calcanhares forçou-os para as canelas, que se espatifaram imediatamente em lascas de osso sanfonadas, em explosões vermelhas pela pele com barbatanas brancas e afiadas. Minhas rótulas recuaram para dentro das pernas, me deformei inteiramente, a tíbia direita reduziu a fíbula direita a farelos. Minha tíbia esquerda penetrava o brim de meu jeans.

Meu cérebro abriu um alçapão de emergência de endorfinas. Nada disso era meu. Nada disso tinha acontecido. Fiquei deitado em silêncio numa poça, aleijado e quebrado.

Girei a cabeça para trás e revirei os olhos. Mal estava ali através da vidraça, ele pôde ver tudo, mas seus gritos não conseguiram me manter desperto.

80

Uma cama, mas não é minha.
Nos primeiros dias, eu entrava e saía da consciência, guiado pela mão química. Quando chegava a dor, ela me conduzia para uma luz, e enquanto eu entrava nela, enganava-me a voltar de onde eu tinha vindo. Aos poucos nada era mais tão branco e, se eu escutasse com atenção, podia ouvir os bipes do equipamento perto de minha cabeça cantando para os arco-íris de tubos e fios que entravam e saíam de meu corpo, dando-me pulso elétrico e vida. Perguntei-me se eu era Mal.

Depois, numa manhã, eu estava no hospital, capaz pela primeira vez de ficar acordado. Minha mãe estava a meu lado.

– Descanse um pouco – disse ela, e ouvi sua voz e sabia que ela estava ali havia tanto tempo quanto eu, junto a meu leito. Contando-me histórias. Dizendo-me que eu ia ficar bem.

Minhas pernas eram da cor da avaria, de quarentena em gaiolas de metal aparafusadas à pele. As coxas tinham ângulos e os pés eram pacotes de biscoitos quebrados. Estavam pendurados no alto em estribos de cada lado e não pareciam meus, nem eu os sentia assim, mas eu os operava como um enorme robô com a força de 10 homens, eu podia me levantar agora e chutar as paredes deste hospital até que estivesse andando pela quietude do campo, destruindo tudo o que me impedisse de chegar em casa.

– Dói – eu disse.
– Eu sei – disse ela –, descanse um pouco.

Em minha cama, ficava cada vez mais claro com o passar dos dias, semanas e meses. Havia um lembrete o tempo todo de meus grampos sendo torcidos. Eu não me lembrava de nada do dia em que caí do telhado, exceto pelas dicas que minhas cicatrizes deixavam, que nunca se esqueciam de onde eu estive ou do que eu fiz. Mamãe me dava gelatina e sorvete. As enfermeiras tinham uma atitude ultragentil para comigo quando eu era educado.

– Quem está cuidando de Mal? – perguntei.

– Seu pai – disse ela.

Ela afagava meu braço e enchia meu copo. Tirava o cabelo de meus olhos e estremecia quando os médicos levantavam os pinos de titânio que pontilhavam minhas pernas como os pilares de uma ponte famosa.

– Relaxe – dizia ela.

Seu rosto dizia que ele fora para o sótão, uma tartaruga de volta a seu casco. Sua própria recuperação estragada por telhas molhadas e meu calçado inadequado. Sabotada por minha falta de equilíbrio.

– Estou aqui para ficar com você.

E, quando quis falar, dormi, mudo.

Eles me apertavam cada vez mais uma vez por semana. Quando faziam isso, eu podia ouvir meus ossos gemerem. Pareciam poder arrebentar em protesto. Eles me ensinaram a andar. Massagearam meus músculos e estimularam meus nervos, recolocaram meus ossos no lugar e os quebraram novamente. Um dia, enquanto me ajudavam a ficar de pé, arranquei a ponta da língua numa mordida. Precisei de oito pontos e passei o resto do mês falando como se a boca estivesse cheia de serragem.

Com as pernas presas, havia muito tempo para pensar.

Vi TV e fiz uma cirurgia reconstrutiva. Montava quebra-cabeças enquanto eles me davam banho e lia livros enquanto eles faziam ajustes. Eu tinha tentáculos de arame.

Foi quando meu pai, apático, empurrou-me para casa numa cadeira de rodas que aceitei meu destino na terceira tentativa, eu devia ficar com Mal naquele quarto, percorrer esse caminho até o fim. Fui para a cama.

Dia Seis Mil Oitocentos e Oitenta e Oito, segundo o display na parede.

81

— Ei. Olha. Aqui. Ei. – Levantei a cabeça. – Quer um desses? – perguntou Mal.
Ele tinha um pacote aberto de seus muffins de mirtilo pousado no peito nu. Um deles caiu e rolou pela paisagem de sua imensa laje de gordura até a virilha, onde ficou preso.
– Humm, sim, por favor, vou pegar esse. Que horas são?
– Quatro – disse ele. – E não precisa fazer graça.
Sua voz começava tão fundo no peito que parecia, ao sair, que havia uma pequena versão de Mal ali, presa numa caverna, pedindo ajuda aos gritos.
– Quatro da manhã?
– É.
– Você me acordou.
– Para saber se você queria um muffin.
No que ainda era a época de emplumação de minha primeira manhã fora do hospital, eu era um miserável perturbado e emaciado. A hábil mediação de meus analgésicos tinha terminado. Minhas pernas ardiam como fogo, mas, incapazes de regular a própria temperatura, estavam cobertas de arrepios, os pelinhos se eriçando em volta das bases dos pinos de metal que me penetravam, como peregrinos rezando em uma rocha sagrada. Olhei para baixo, para as coxas imensas de Mal, como armas de pugilismo embrulhadas em carne de hambúrguer, com espaço suficiente para caber seis das minhas, com pinos e tudo.
Uma mosquinha se equilibrava na ponta de seu dedão do pé, cuja unha era amarela como um manjar. O inseto ficou empoleirado ali sobre as pernas traseiras, esfregando presunçoso as

dianteiras. Mal não a sentia se mexer graças à grossa camada de pele morta que mamãe teria de raspar em cacos com o cuidado com que se afia um lápis com uma gilete.
Suspirei.
– Qual é o seu problema? – disse ele.
– O que você acha?
Apesar da luz azulada da TV e da luz verde do display na parede me colorindo de néon, no escuro rapidamente voltei a dormir, perversamente auxiliado pelo metrônomo estridente da luta contínua de Mal para respirar.

Acordei de novo três horas depois, quando minha mãe trouxe uma bandeja trêmula cheia de porcelana pesada com glóbulos de ketchup e mostarda. Ela abriu as cortinas e me deu a luz do sol. Evitou que eu tirasse um último cochilo e olhei enquanto ela passava loção na aspereza marrom e quebradiça das escaras nas laterais de Mal. Ela retirava e substituía tubos, esvaziava e enchia bolsas, limpava com algodão por dentro das muitas dobrinhas.

Depois cuidou de mim, limpando as feridas onde o aço encontrava a pele com um antisséptico que ardia por dentro do meu nariz. Ela me levantou e me curvei nela. Colocou minhas pernas pesadas dentro das duas tipoias que papai tinha projetado, feitas especialmente e penduradas no teto, e me entregou um chá tão quente que a xícara marcou a madeira da mesa de cabeceira.

Ela era mãos estendidas e cordinhas presas. Imaginei-a fingindo ser um mestre de marionetes em um pequeno teatro francês, fazendo seus dois personagens mais populares dançarem em perfeita sincronia com a manipulação cuidadosa e experiente das cordas que moviam nossos braços e pernas. Ela cuidava de nós. Sempre soube que minha mãe fora feita para isso.

Às vezes, eu virava a cabeça e o encontrava dormindo, com uma gota de baba ligando sua boca ao travesseiro. Manhã. Ronco. Teto. Café da manhã. Limpeza. A monotonia batia na minha cabeça, ameaçando esburacá-la como a primeira investida de um pica-pau pela casca dura e externa de uma árvore. Se eu tivesse energia, teria explodido pelas paredes.

Eu não sabia quantos dias haviam se passado. Eram mais degraus do que eu tinha subido. Uma gota solitária de suor se apressou pela grossa circunferência do braço nu de Mal até cair de seu dedo vermelho e roliço e pousar no prato sujo ao lado dele.

Queimei uma bile de fúria em meu peito como combustível fóssil. Usando todo o poder que consegui invocar em minhas coxas, girei as pernas em sua tipoia até que se chocaram, dentes beijando a estrada. O metro entre nós era um cânion, o pequeno abismo de uma vida inteira. Eu queria chegar a ele. Para arranhar, morder e chutar. Debati-me no ar e meus punhos socaram a cama, um peixe de seu aquário para a poça rasa no chão da cozinha. Perdi o que restava de meu impulso, puxando as tipoias do teto em uma chuva de reboco, e caí, exausto, no espaço entre nossas camas, de cara para baixo, meus andaimes de metal nas pernas rasgando o tecido barato de minha cama e me prendendo nela.

– Você está bem? – perguntou ele.

Esperei que mamãe viesse e me ajudasse a voltar à cama e pensei no fim.

82

Dia Sete Mil Quatrocentos e Oitenta e Três, segundo o display na parede.

Levar minhas pernas para dentro do carro de Lou é simples porque ele é grande e americano, importado, os assentos da frente e de trás duas superfícies longas e contínuas como bancos com casacos de couro escorregadio. Ao toque, têm a pele lisa dos tubarões. Baixo meu traseiro dentro do carro e giro o corpo, as pernas incapazes de se dobrar mais ou se endireitar. Sou desajeitado.

Está silencioso no estacionamento perto da Quality Meats de Red Ted. A queda constante da chuva faz com que o para-brisa do carro se mova e se contorça como bactérias sob um microscópio. As luzes mudam quando caem dos postes.

– Você não voltou – digo.

O êxtase de vê-la comparado com a agonia de perdê-la, um milhão de nascimentos e um milhão de mortes.

– Você me deixou – digo e tremo tanto que as muletas chocalham.

– Eu sei o que fiz – responde ela.

Não posso ignorar que ainda é um prazer contemplar seu rosto, mas invoco minhas forças e lhe imponho meu castigo.

– Acho que você devia falar – digo.

Creio que ela está chorando. Brevemente vejo lágrimas iluminadas pelos postes que passam na rua, mas tão brevemente que posso ter fingido que estavam ali, porque as lágrimas do meu próprio rosto pegam o brilho de prismas mínimos de água.

Lou dirige.
– Passei a vida toda vendo seu irmão desistir, esperando morrer. Eu não podia ver meu pai fazer o mesmo.
– E eu?
– Sabia que você nunca desistiria.
Seus olhos lavam seu rosto, sua visão é tão toldada quanto o vidro que perfura. Quando finalmente falo, minha voz flutua furiosa, como o ponteiro desenhando no papel que mede as oscilações das placas que mantêm o planeta unido. Ela olha o colo, une os dedos em um gancho perto do volante e força ali até que eles guincham.
– Soube da entrevista. Pensei que hoje podia ser o dia em que ele daria um fim a tudo.
– Nós? – digo.
Ela assente.
– Pensei que podia ter lido a carta que escrevi para ele.
– Deve ter se perdido, você sabe quantas ele recebe. Não abriram nenhuma depois que você foi embora.
– Que pena.
– O que dizia?
– Pedi a ele que terminasse com tudo. Por você.
– Por que por mim? Se você se importasse comigo, nunca teria saído de Akron.
– Eu sabia que voltaria para você.
– Como, agora?
– Agora.
– E seu pai? – pergunto.
– Salvei meu pai – diz ela.
– Como?
– Consegui outro amor para ele. Um amor que sempre retribuirá o dele. Eu lhe dei um neto. – Coloquei as mãos no colo e apertei. – Bom, tecnicamente você também lhe deu um.
Paramos na minha rua. Há gritos e braços estendidos para o frescor do ar. Apontam para o teto do bangalô, onde papai sis-

tematicamente retira as telhas e as entrega à multidão pequena e ensopada embaixo.

Pego a mão de Lou, ainda molhada com os olhos que secaram em suas costas, levanto a tranqueira de metal que se projeta de minhas pernas e saio do carro. Quando as pessoas veem quem eu sou, e quando as pessoas veem com quem estou, elas se mexem.

83

Quando eu e Lou chegamos à porta da frente, estou nauseado, tonto e exultante, aturdido com o ambiente e a fábrica movimentada de meus pensamentos. Um filho, penso. Sem cara, irreal. Flutuo por um tempo.

Meu pai tira uma por uma as telhas e as entrega a uma corrente de pessoas para o concreto que rejeitou meus ossos moles. A barraca de Lou está virada, forçada na lama recém-pisoteada. Há pessoas se espremendo na vidraça do quarto, tão apertadas que parece que o vidro vai rachar e implodir, cobrindo Mal com espadas de vidro e lascas invisíveis. Sempre que papai pega outra telha, ou solta um pedaço do telhado, há um grito, mãos e punhos erguidos. Há gritos de "Mal Mal Mal". Um carro de bombeiros chega no Dia Sete Mil Quatrocentos e Oitenta e Três, segundo o display na parede.

O telhado está vindo abaixo. A urgência de uma vitória, meu pai no leme.

– Pai! – grito, mas ele não consegue me ouvir. – Pai!

Vasculho o bolso procurando a chave da porta da frente. Acho-a rapidamente e empurro Lou para dentro, seguindo-a, fechando a porta depois de passar, respirando tão fundo que o relógio de meu coração muda por uma multiplicidade de engrenagens.

Mamãe está ao pé da escada de papai, a cabeça pousada nas mãos. Mas não chora como eu esperava. Dentro da casa, o barulho do exterior parece um trovão subterrâneo. Ela olha para mim, para nós, vê Lou e sorri.

– Está acabando, não está? – diz ela. – Malcolm nos disse quando você saiu, ele nos disse que era o fim.

Sem estímulo de ninguém, Lou avança, cai de joelhos e coloca o braço fino e magro pelos ombros de minha mãe. Mamãe, por sua vez, enterra o nariz na nuca de Lou. Ela parece tão velha. Magra como um pergaminho e uma teia de aranha, mínima como um modelo feito de palitos de fósforo.

– Fique aqui – digo e me viro devagar, dolorosamente, a arquitetura de meus ossos se queixando.

Abro a porta do quarto, hesito e me debato, mas entro aos poucos. Não consigo ouvir minha dor de cabeça com a gritaria no vidro. Este fogo do grande desfecho, este ardor cinético.

Nem acredito no que vejo quando entro no quarto. Todo aquele barulho desaparece, abafado. Só o que ouço é ele. Mal.

– Oi – diz ele.

– Oi.

Parecemos os mesmos.

Grandes faixas de tecido grosso e resistente surgem de sob cada canto de seu colchão, encontrando-se em um imenso gancho de metal no teto, formando uma pirâmide em volta de seu corpo que flui e se derrama pelos lados, a gordura pendendo dele como os torrões de um bolo de glacê malfeito. Ele olha para cima, e onde meus olhos encontram sua linha de visão vejo que o gancho está preso a uma corrente que desaparece por um buraco recém-aberto no teto, entrando no sótão. Mas o sótão agora não tem telhado e vemos o céu e papai, as mãos se movendo freneticamente, tirando as telhas e estraçalhando o piso por baixo de seus pés. Podemos ver tubos de metal envolvendo as operações internas da casa, metidos pelas tábuas do piso como um esqueleto. O trabalho de uma vida. Todo o barulho que ele fazia. Olhamos de baixo enquanto ele arranca uma tábua depois de outra, e os grãos de reboco e madeira caem devagar, acomodando-se no platô maciço da pele seca e roxa de Mal como neve suja.

Caio no chão. A casa se sacode em volta de nós enquanto o teto lentamente desaparece, e o volume se torna uma erupção. Seguro a mão de Mal e ele faz o que pode para dobrar os dedos gordos em meu pulso, mas não há flexibilidade neles, só um murmúrio artrítico. A camada grossa que recobre seus braços roça os meus. As quatro grandes faixas de tecido se apertam e afrouxam enquanto o gancho brinca com suas forças. Quase posso ouvir o dum dum dum de seu coração acelerado. Sua respiração pipoca como um motor a carvão antigo, uma máquina há muito esgotada.

Percebo que ele está chorando. Deito a cabeça no leito envolvente de seu peito. Ele se sacode e ondula por seiscentos quilos de gordura como uma criança presa dentro de um monstro.

Ouvimos o rasgar de reboco, até que tudo o que nos separa do céu é uma estrutura feita de metal, correntes, roldanas, canos, varas, engrenagens, ganchos e papai, desfazendo seu sótão em volta dele. Uma proeza da engenharia moderna. A multidão lá fora faz eletricidade com suas vozes. Eles colocam a casa abaixo.

Ele me segura com a maior força que pode. A luz verde do display na parede é refletida na grande aranha de metal do alto e me permite ver sua cara petrificada.

– Por quê? – cochicho em seu ouvido.

Ele faz o que pode para me apertar mais. Uma lágrima cai de meu rosto no dele, transformando-se num regato, e eu me curvo para mais perto, a fim de pousar minha orelha fria em sua boca quente e ofegante, até que sinto seus lábios úmidos baterem nela.

– Você tem a Lou – digo.

– Que você amou.

Aperto mais sua mão. A massa de sua carne forma salsichas entre meus dedos. Sua pele ferve, os olhos redondos e fugidios.

– Não finja que fez isso por mim – cochicho, e baixo a orelha até chegar mais perto de sua boca pegajosa.

O choro é o único barulho além da comoção, o buraco no teto, a gritaria de nosso pai e o tumulto da multidão. Só o que posso ouvir é Malcolm Ede. Ele fala comigo. Sinto o cheiro ácido e quente de sua respiração em pânico.

– Não pude ficar sentado, me contentando com uma vida de *entos*. Investimento. Pagamento. Nascimento. Sustento. Mas viver, nunca.

Ouço seu estrépito mortal.

– Isto não é viver – digo. – Para nenhum de nós. Você fez de mamãe uma escrava. Fez de papai um recluso. Lou é tudo que eu sempre quis, e não pude tê-la por sua causa.

Sua mão aperta mais.

O colchão, uma massa encharcada, vermelha e marrom, dá solavancos enquanto os ganchos e correntes o puxam. Papai pega a manivela e gira a roda acima de nós. Os uivos, aplausos e gritaria.

Coloco a boca em seu ouvido.

– Você destruiu esta família – digo.

– Não – diz ele. – Eu a salvei.

Pouso minha testa na dele.

Ele fala:

– Quando os pinguins-imperador se agrupam para se aquecer nas tempestades geladas de inverno, adotam a mesma posição de legionários romanos. Revezam-se para trocar de posição. Os pinguins do lado de fora entram para se proteger do frio, e os pinguins aquecidos dentro do grupo tomam seus lugares, como ciclistas temporariamente assumindo a liderança de um comboio. Fazem isso porque é o melhor para a família.

O colchão se ergue, levita um pouco. O coração de Mal fica pá pá pá. Ele leva a mão gorducha ao peito, o mais perto do meio que pode chegar, seus dedos gordos massageando a pele mosqueada como se ele pudesse arrancar o instrumento que bate.

– Eu dei à mamãe vinte anos de amor por alguém. Isso a manteve viva.

– E papai? – digo.

– Olhe para ele – diz ele.

Eu olho, girando as engrenagens de seu guindaste. Ele está alegre.

– Uma nova fotografia.

— Eu te dei a Lou — diz ele.
Não me mexo.
— Quando? — digo.
— Agora — diz ele.
Fecho os olhos.
— Você? — digo.
— Pense no que minha vida teria sido. Normal. Agora olhe em volta — diz ele. — Você está na minha foto.
Sinto seus lábios franzidos em minha face. Passo um braço pelo toco de seu pescoço, deito atravessado em sua carne quente, sinto a suspensão gradual da invenção de papai tirando o filho da casa. O display na parede bate. Dia Sete Mil Quatrocentos e Oitenta e Quatro. Lá fora é o pandemônio.
— Estou com medo — diz ele.
— Não tenha. — A tensão solda rugas de dor em seu rosto. — Você é titio — digo.
Eu o beijo na ponta molhada de seu nariz, saio lentamente do colchão que agora paira sessenta, noventa, cem, centímetros no ar, e olho para papai. Ele gira a manivela da imensa roda que incita o mecanismo complexo que ergue o homem de seiscentos quilos por um espaço pequeno, e ele sorri, está vivo e completo, está ali para mais uma vez receber atenção. Penso em como mamãe fará isso bem e como ficará feliz. Tudo o que ela sempre quis.
Saio enquanto a cama se ergue lentamente pelo teto.
Pegando a mão de Lou, passo pela porta da frente. Minhas pernas param de doer. Não vejo Mal sair da casa e, ao voltarmos juntos para o carro, os bipes da maquinaria se estendem a um sinal só, contínuo.

84

Eu e Lou não ouvimos o nome de Mal tanto quanto antes. Está ali o tempo todo, mas enfraquecendo-se serenamente ao fundo, suave, como o trem que rola nos trilhos atrás de sua casa.

Encontro meu filho na praia, onde o avô, pai de Lou, o tem nos braços. Entro com ele no mar. Nenhum de nós já esteve no mar antes.

Agradecimentos

Tenho uma dívida assustadora pela paciência, os conselhos e a amizade inestimáveis de minha agente, Cathryn Summerhayes, e meu editor, Francis Bickmore.

Agradeço a Becky Thomas e Eugenie Furniss, da WME, Jamie Byng e todos da Canongate, e a Paul Whitlatch, da Scribner.

Agradeço às pessoas inteligentes da To Hell With Publishing, Laurence Johns, Lucy Owen, Dean Ricketts e Emma Young, e a seus juízes, India Knight, Greg Eden e Kwame Kwei-Armah.

Agradeço à minha família, minha mãe, meu pai, Alison, Glenn, Darren, Alex e os que ainda não sabem ler, William, Oliver, Thomas e Anna.

Agradeço a todas as minhas companheiras.

Impressão e Acabamento:
GRÁFICA STAMPPA LTDA.
Rua João Santana, 44 - Ramos - RJ